命運
夜航

Q版特工 42　命運夜航

作者／梁科慶

策劃編輯／賴百樂

協力編輯／卓希雪

美術設計／葉智聰

插圖／右貓

出版發行／突破出版社

香港沙田亞公角山路 33 號突破青年村

電話：2632 0000　傳真：2632 0388

電郵：breakthrough@breakthrough.org.hk

網址：http://www.breakthrough.org.hk

http://www.btproduct.com

承印／海洋印務

2023 年 5 月初版 1 刷

Ah Wing, the Secret Agent 42: Their Fate

by Leung For-hing

First Printing, First Edition, May 2023

Printed in Hong Kong

ISBN 978-988-8562-83-1

本書經文取自《新標點和合本》，版權為香港聖經公會所有，承蒙允准採用，特此鳴謝。

誠邀閣下就突破出版社的書籍發表意見

歡迎加入突破書籍 Facebook page — http://www.facebook.com/btbooks.page

本書採用環保油墨印刷

每一個
年輕人都應當
乘着夢想的
翅膀出航。
成長文學

目錄

序：雖卑微而不瞑目

朱少璋博士（香港浸會大學語文中心高級講師）

那年，疫潮洶湧，政府煙花不敢發放巡遊完全取消所有學校停課，城內男女老幼萬眾一心四出張羅口罩及消毒用品。滿城人馬雜遝叫囂隳突之間，我在網上瞥見一張相片：一名戴着口罩的男士，正在又細心又溫柔地為一名女士整理戴得不對位的口罩。相片中兩人都半遮着臉，卻努力地爭取在一息尚存間四目交投，眼神和氣氛既悲涼又浪漫。心有所感，也沒有依網絡使用守則 Fact check 一下是真情還是表錯情，略加聯想依圖意寫了一首七絕，放到個人的臉書上：

示疾修羅儆大千，英雄走卒病相憐。
餘生莫乞無靈藥，惜取人間半面緣。

已長期不看中文的朋友「OIC」看我臉書，忽然心領神會：「無靈藥」縱然乞得也是徒然；人生說到底活着的每一天都是「餘生」；「半面緣」三字既虛寫人海萍聚又實寫佩戴口罩。他說原來中文可以如此有趣如此深刻，還追問「示疾」是什麼意思。我粗略回答說「示疾」是佛家語，表面意思是佛菩薩或高僧得病，但更深的意思是指佛菩薩或高僧故意在眾生面前生病，目的是要以此教化眾生。他恍然大悟：「OIC，即係病畀你睇！」我補充說還有「示寂」，「寂」是指佛菩薩或高僧逝世。他反應快舉一反三：「OIC，即係死畀你睇！」

已長期不看中文的「OIC」也許不明白，粵語「死畀你睇」起碼有兩個意思，要看具體語境才能判斷。比如說：「咁搞法，今次真係死畀你睇！」背景大概是遇上了重大事故，指事態嚴重。但也可能是以死相脅的意思：「你如果再唔答應，我就死畀你睇！」那是要向對方施以最大、最終極的壓力。當然，不管哪一個意思，講話的人最終都不一定會死，語出極端，無非假設每個人都珍視生命。語帶誇張地說要了結生命，是要表達已無轉圜餘地之意——假設對方確實重視你的生命，「死畀你睇」就能生效。可惜事與願違，一山還有一山高，粵語裏頭還有一句壓卷之作「你死你事」，那是對別人採取完全放棄、忽略、無視或事不關己的態度。一語割席，都把你押上的寶貴生命看成是鄰居的瓦上霜，別人的門前雪：各人有各自的生命，本來就是河水不犯井水的。主耶穌當年在各各他山上「死畀你睇」，十字架下認為「你死你事」的人多的是；到今天，依然不少。

生命與生命連結不起來，優秀的文學作品就不可能出現。古往今來多少動人的傳世名著，寫的都是生命相互連繫的故事。說到關注或連結別人的生命，倘不避文藝腔的濫調，就是「愛」。可不是嗎？你看晴雯、黛玉離世，寶玉是怎樣的傷痛。楊過十六年後在崖上不見小龍女，就跳下萬丈深谷去。《孔雀東南飛》女的赴水男的自縊，夫婦同生共死。《帝女花》周駙馬在城破之日說公主既以身殉國，「我又何忍偷生」，泥印本作「駙馬寧無從死之義」；「何忍」或「寧無」，都異常沉痛。

科慶新著《Q版特工 42 命運夜航》成稿於二〇二二年底「瘟疫受控，全面復常」的日子；故事卻以那段艱難歲月為背景，書中經藝術加工的港人或港事，都透出沉穩而有力的脈搏，以筆墨文字關注我城的生命。這一點出於人文關懷的創作動機，是每個作者都應具備而又並非每個作者都能具備。科慶從來不寫「平行時空」的風花或雪月；文章，合為時而著。小說部分情節固屬虛構，但感情卻是真實、真摯的。我與科慶相識於上世紀九十年代，取巧來說算得上「世紀之交」，那時我們都專注於創作青少年文學，我後來因心境與經歷的改變——更是能力的問題——退出了青少年文學的行列，而科慶卻一以貫之繼續鑽研持續創作，而且愈寫愈好，成功建立了個人「系列」之餘又屢屢獲獎，他的粉絲至今已是千絲萬縷。而科慶每一本新著，都能日新又新，總不忘在提供閱讀樂趣之餘，外加不同元素以提升一眾粉絲的品味與眼界。正如這一次，科慶就在新著中頗不經意地引領讀者思考前路：

長期是國際航空交通樞紐的香港國際機場，眼下門庭冷落，儘管是疫症期間的暫時情況（這個暫時已持續兩年），亦不免教人唏噓，心裏有個問號，昔日光輝會不會一去不復返？

窗外，一水之隔的東涌新市鎮，廣廈林立，燈光燦爛。燈光在雨後特別明亮耀目。「東方之珠」的這塊金漆招牌一向靠香港多元混雜的萬家燈火撐住，七百五十萬人，走了一部分，還有每天一百五十的補充，應該撐得住吧？

夜景不會因少了一些燈光而黯然失色，城市不會因少了一些人口而失去活力與平衡。

不會的。

不會吧？

作者筆下那樸素質直的問句，連繫着無數人心裏或去或留的抉擇。無論是去是留，這些人都曾經實實在在活生生地存在於獅子山下，或苟活、或偷生、或倖存、或待斃，像菜市場上魚檔前剛被剖宰的鮮魚，或遭刮鱗破腹，或已身首異處，鮮血還淌得有點黏稠又殷紅得帶點油亮，斷尾分鰭處始終心有不甘，殘軀尚死命地在刀俎旁鞭拍着、彈顫着——啪啪啪——「死畀你睇」原來還有第三個意思或作用，就是訴說卑微者的生命是如何曾經真真實實地存在過。鰓葉開合翕闢為的是爭一口氣，魚是堅持生不閉眼死不瞑目，一息尚存都要等待，等待像元好問一樣又多情又敏感的作者前來，所謂四目交投，也不必一定限於男歡女愛——元

序

好問名作〈雁丘詞〉「問世間，情是何物，直教生死相許」固然絕唱，其短序不足百字，亦可傳世：

乙丑歲赴試并州，道逢捕雁者云：「今旦獲一雁，殺之矣。其脫網者悲鳴不能去，竟自投於地而死。」予因買得之，葬之汾水之上，累石為識，號曰「雁丘」……。

萬物有情，物猶如此，試問人何以堪？元好問看得到卑微生命的尊嚴本質，「累石為識」更跡近行為藝術與裝置藝術，真不愧文學大家；我當然更希望在「葬之汾水之上」的句首添上一個「合」字，如此葬事才夠圓滿，讀者才放寬心。為此私心忐忑連夜翻檢文獻看能否穿鑿附會，《古今詞統》竟先得我心，說「遺山遂以金贖二雁，瘞汾水傍」，《詞苑粹編》也說「贖得二雁」；當下悉懷，也不進一步Fact check，夜夢甚愜。

凡事都「你死你事」的人不可能是成功的作者，同時也不可能是優秀的讀者。文學創作既要處處不忘牽繫關顧別人的生命，閱讀一個文學作品同樣要能讓別人的生命在自己的生命中起共鳴。「望帝春心託杜鵑，佳人錦瑟怨華年。詩家總愛西崑好，獨恨無人作鄭箋。」元好問果然好問又大哉問，讀者要透徹了解李義山筆下的滄海明月與藍田暖玉，試問，沒有感情又如何彈撥得響作者的生命絲絃？為作品「作鄭箋」充其量只是學術；能低迴諷詠與作者同歌同哭，作者的生命與讀者的生命連在一起，憂戚相關喜樂與共，才算得上讀懂，才算得上了解。

可是，OIC既然已長期不看中文，相信也不可能讀過紅樓金庸漢詩粵劇或「Q版特工系列」，難怪都說了老半天，可他還是不明白創作或閱讀中那套有關生命連繫的學問。我只好以電影《鐵達尼號》為例，說傑克與蘿絲之間的諾言把二人的生命緊緊扣在一起，多動人。OIC果然一聽就明白：「OIC！You Jump, I Jump.」

再尋白靈

特工機構 MI6 認定阿 Wing 朋友白靈謀殺旗下特工，阿 Wing 事覺蹊蹺，決替白靈洗脫罪名。

1

約翰遜警員並不急於下車，他把咬了一口的雞肉三文治重新用餐紙包好，整整齊齊的放回餐盒裏。這份三文治是妻子今晚在約翰遜出門前親手替他弄的，除了他最愛吃的燻雞腿肉，還有酸瓜、生菜、蕃茄和芝士，美味極了。

兩分鐘前的吃宵夜時間，他把巡邏警車泊在路旁，關掉引擎，放下車窗，在衣襟前掛上餐紙，取出三文治，才咬了一口，還沒完全吞嚥，在前面二十公尺的十字路口，一輛碳灰色的 BMW 客貨車由右至左的駛過路口，客貨車司機沒理會交通燈號，因為約翰遜面前的是綠燈，除非交通燈失靈或是緊急車輛，客貨車司機必須在紅燈前停車，卻筆直的開過路口，即是違法衝燈。雖則深宵時分，空蕩蕩的十字路口沒另一輛汽車駛至，衝紅燈不會釀成交通意外，不過違法就是違法，約翰遜身為執法人員，不能坐視不理，何況這英國小鎮 Isleworth 一向民風純樸、太平安寧，他半年沒發過一張告票，上司開始懷疑他躲懶，今晚機會來了，他不能錯過這個爭取表現的機會。他馬上放下三文治，發動引擎，開亮車頂的警示燈，加速追截那輛客貨車，儘管推遲吃宵夜很是可惜，但能發出半年來第一張告票絕對值得。

還值得慶幸的是，他剛才只顧吃三文治，忘了斟咖啡，不然的話，飆車時晃來晃去，不打翻咖啡才怪，弄污車廂，回到警局，定遭清潔工埋怨。

其實並不用飆車，約翰遜在十字路口左轉後不久，已趕上那輛客貨車。客貨車的車速本來就不高，司機在後視鏡看見警車頂的旋轉警示燈放亮，亦合作減速，靠邊停定。

約翰遜合上餐盒的蓋子，再喝一大口礦泉水，漱洗口腔，確保齒間沒殘餘菜葉貼着，待會張口說話時，若給客貨車司機發現警員齒間的菜葉，會令他的威武形象大打折扣。這段整理三文治和喝水的時間，就當作警察擺臭架子，先讓客貨車司機忐忑一會。這時候，司機一定緊張地手握方向盤，盯着後視鏡，心裏盤算待會遭警察如何詰問、自己該如何解釋。

實際上，約翰遜沒讓那司機有太多時間思量，他放下礦泉水瓶，拿起警帽，開門跨出車廂，戴上警帽，拉直制服，在手電筒和警車的車頭燈照亮下，慢慢從後走近客貨車。在凸面後視鏡的反照裏，他的肥胖身形更顯得臃腫，像一個嚇人的龐然巨物，他還故意把手放在槍袋上，作出戒備姿態，預示隨時拔槍，對那違規司機更添一分震慑壓力。

當約翰遜的身影完全佔滿後視鏡時，他已抵達客貨車的駕駛座門外，用指頭敲了敲車窗。

「咯——咯——」

車窗降下。

約翰遜舉起電筒照射駕駛座。駕駛座上坐着一個亞裔臉孔的女子，她熨了一個蓬鬆的 Wavy Bob 髮型，抬手遮擋額前，隔阻電筒的耀目光線。

弱質女子一名，並非酒鬼、無賴、毒蟲、彪形大漢，感覺上沒甚危險，約翰遜的手離開槍袋，改為靠着車門，俯身把臉湊近，仍維持一派高姿態，以公事公辦的口吻說道：「女士，請關掉引擎。」

女子合作熄火。

「知道為什麼指示你停車嗎？」約翰遜像逮到學生作弊的老師。

一般來說，違規司機總向警察求情，懇請給予一次機會，誓神劈願的保證以後不再犯，但這女子不僅沒求情，反而擺出一張愛理不理的臭臉，且以懶洋洋的調子說：「長官，挪開一下電筒，可以嗎？」

「你聽見沒有？我問，知道為什麼指示你停車？」約翰遜忍住火氣不發作。

「衝紅燈吧。」女子舉起一根指頭，稍為推開約翰遜手上的電筒，光線沒直射眼睛後，她仰起頭，撥了撥頭髮，瞧着約翰遜，眼神似在透露：「不該衝也衝了，已不能挽回，你奈得我何麼？」

「把你的駕駛執照給我，請。」約翰遜張開皮粗肉厚的手掌。

女子聳聳肩，鬆脫安全帶，側身從衣褲袋裏取出錢包，打開，卻沒抽出任何證件，只用指頭勾起幾張大額鈔票，不爽地說：「我不打算申辯，直接繳交罰款，多少？開價吧。」

「嗄？」約翰遜料不到女子有此一着，感到有點措手不及。

「聽着，我是旅客，明天一早就離開英國，想交罰款也沒辦法，現在我跟警方合作，負上違反交通規則的責任，即場給你罰款，怎樣？衝紅燈不是要逮捕吧？別浪費你我的時間，也別浪費你上司的時間。」

「好，你想收告票，沒問題。」女子言之成理，約翰遜拿她沒辦法，在夜半沒其他車輛的十字路口衝紅燈，沒釀成交通意外，犯不着把她逮返警局，於是取出告票簿，既然是一個不作申辯的外地旅客，無妨開一張最高金額的告票，為自己累積一點好成績。

「蓬……」

客貨車後座傳出物件碰撞的怪聲，好像有人在蹬踢車門。

「啥？」約翰遜再舉起電筒，探頭向沒車窗的後座照射，可是，駕駛座與後座之間掛着一面布簾，他看不見後座的狀況。

「不要動，不要吵，你不聽話，我打死你。」女子朝後座罵了幾句，回頭改以無奈的口吻，向約翰遜訴苦，「那是我的狗，一頭五歲的金毛尋回犬，野性難馴，經常使我尷尬。」

「原來如此。其實，飼養寵物，要有愛心和耐性，打和罵是沒作用的。養狗我最有心得，我家養了三頭……咦？等一等……你是外地旅客，身邊帶着一頭狗，出入怎會方便？」

就在此時，引擎發動，油門重重踏下，輪胎急速擦地，客貨車在約翰遜眼前呼嘯而去，颳起一陣急風亂流，把他的警帽捲甩。

約翰遜登時手忙腳亂，不知是先拾回警帽，還是抄下客貨車的車牌，抑或拔槍喝令那女司機停車，甚至開槍射穿客貨車的輪胎？

手槍在拔與不拔之間，他拿捏不穩，失手丟地，幸好保險掣已鎖，沒引致走火。

最後他拾回手槍，拾回警帽，跑回警車，鳴響警笛，盯着公路前方快速移動的尾燈眩光，踩油追趕。

尖銳的警笛聲像一根無形的針，小鎮的寧靜像一個美滿的汽球，一刺就破。

一直以來，約翰遜巡邏時的駕駛態度比觀光旅客更悠閒，今晚他追捕前面的假旅客，不斷加速，眼前熟識的小鎮景物一一飛向腦後，他的心跳跟車速一樣不斷提升。

沒多久，約翰遜遠遠看見那輛客貨車駛離又長又直的 Twickenham 公路，轉入住宅區，他不禁拍一下前額，失聲喊道：「糟了！」他熟識小鎮的路徑，這住宅區內支路又多又密，客貨車逃進去，可以借助轉彎抹角，擺脫警車。那女子並非本地人，怎會熟知本區的地形和街道？他無暇細想，急急扭動方向盤，追進住宅區去。

深夜時分，為怕騷擾居民，惹起投訴，他熄掉警笛。這住宅區的「主幹」呈馬蹄形，貫通整個區域，沿路直走至盡頭再開一大段弧形彎道可重回公路。「主幹」兩旁，樓高兩層的低矮房舍恍如星羅棋佈，數不清的細小車路串連各家各戶，加上疏密參差的樹木、高低橫直的攀籐籬笆，藉着黑夜，客貨車不難找到一處隱蔽點躲起來，如果那女子本人或她認識的人住在區內某處，直接把客貨車開進車庫，關上門，就輕易躲過約翰遜的追蹤。

絕對不容有失，約翰遜把車燈的亮度開到最大，睜大雙眼，沿着馬蹄形「主幹」一路追蹤，駛過弧形彎道，卻仍不見任何可疑車輛，剛想到已被對方逃脫，開始感到沮喪，幸好皇天不負好心人，在「主幹」盡頭，汽車尾燈紅紅發亮。他心裏暗暗喝采，一咬牙，加速驅車上前追截。

前面的汽車左轉開出 Twickenham 公路，駛回 Isleworth 小鎮十字路口。「真狡猾！」約翰遜再鳴響警笛，「不過，今趟遇着我，你終究逃不脱。」

約翰遜來勢洶洶，前面那汽車不得不減速，停下。

駛近，車燈照耀，看清楚，那是一輛老舊的休旅車，開車的是個老頭，老頭放下車窗，詫異地瞧着約翰遜。

2

我合上檔案，從椅上站起，伸個懶腰，走進廚房斟了一杯咖啡。這份檔案綜合三方面的資料編寫而成：約翰遜的書面報告、掛在他肩膀的攝錄器片段、巡邏警車的行車紀錄片段。內容尚有一些疑點和遺漏。我喝下一口不太熱、還未冷、不可口的咖啡，趁着記憶新鮮，踱回書房，把需要釐清和追問的重點一一寫在筆記簿上。

檔案是 MI6 特工李森美給我的。約翰遜那份僅是開端，還有別的，厚厚一大堆，送來時，裝滿整個快遞紙箱。

早前，李森美和拍檔在台灣想利用我追捕白靈，反被我逐一技術性擊倒，送交台灣警方，再遭遞解出境。李森美在墾丁的出租套房內，被我用他的電槍擊昏；而他的拍檔也在出租套房內被我用菜刀制伏，不過地點在高雄。兩個 MI6 特工，都一敗塗地。李森美自知再沒辦法逮到白靈，唯有主動聯絡我，低聲下氣地尋求我的合作。為了說明白靈如何在英國涉嫌殺害 MI6 的臥底特工，李森美向我披露所有相關的檔案。

依據約翰遜的報告，MI6 認定那 BMW 客貨車司機就是白靈。

就着女司機與約翰遜對話時的態度和語氣，以及逃跑時的果斷俐落，我也相信她是白靈。然而，不無反駁之處，例如，現場光線不足，女子又用手遮擋前額，當時約翰遜站着，女子坐着，約翰遜的攝錄器以從上而下的角度拍攝，就片段所見，未能清楚拍到女子的容貌，即使約翰遜事後所做的女子拼圖，只能説跟白靈相似，但不能百分百肯定是同一人。疑點利益歸於被告，MI6不能武斷白靈到過 Isleworth 小鎮。

然而，特工辦事，不同法官判案，事事講求真憑實據，特工覺得你可疑，就不會放過你。

又例如，在客貨車後座弄出聲音的是人是狗？讀完整份檔案，約翰遜始終沒提供答案，以我所認識的白靈，她欠缺愛心與耐性，肯定不會飼養任何寵物，什麼金毛尋回犬只是託詞，如果女司機是她，她藏在客貨車後座的，相信是財叔。

二〇一九年八月財叔逃亡倫敦前，承認三十年前有份參與謀殺白靈的父親，接着白靈失蹤了五天，之後，財叔變成泰晤士河上一具死因可疑的浮屍，就時間線排序，女司機在英國小鎮 Isleworth 的十字路衝紅燈時，白靈剛在英國追殺財叔，若沒猜錯，白靈大概抓到財叔，把他綁在客貨車後座，打算運去河邊手刃仇人，為父報仇。

上述推理若然正確，那衝紅燈的女司機真的是白靈。是白靈又如何？跟 MI6 臥底特工被殺，根本扯不上關係。她報她的仇，他當他的臥底，即使時間和地點吻合，各幹各的，彼此沒牽連，等如在同一家餐廳內吃飯，A 枱的他並非跟 B 枱的她約會，你不能就此認定他與她是一雙情侶。

如果李森美現在站在我跟前，面對我的質問，他一定信心滿滿的建議我接續閱讀莫里斯特工的檔案。

好吧！我就打開莫里斯的檔案。

莫里斯就是那個被殺的臥底特工。

檔案以安全屋內的監控攝錄為主，我解下附在卷宗內頁的 USB 磁碟，把它插進電腦內，開啟影音檔案。

在那女司機衝紅燈的差不多同一時間，莫里斯特工看似心不在焉的呆立窗前，隔着又薄又皺的髒窗簾瞧着屋外的車道。根據文字紀錄，這間安全屋恰恰就在BMW客貨車逃進的住宅區內。莫里斯當晚稍後時間將進行臥底交易，他正等候線人谷巴老爹到來。

資料顯示，谷巴老爹其實並不太老，年紀才五十出頭，只是作風老派，做事慢條斯理，江湖中人便給他起了「老爹」這個渾名，谷巴十幾歲便離家跑江湖，在黑道上混了幾十年，人脈關係又深又廣。莫里斯搭上谷巴老爹這條線，借助他安排當晚的毒品交易，向上司申領了七百萬英磅現金，錢就收在他身後的公事箱裏，咦，且慢，這類案件不是由一般警方緝毒組負責的嗎？出動MI6特工，殺雞焉用牛刀？

希望繼續看下去，在檔案裏找到資料解答我的疑問。

莫里斯在窗前站了好一會，外面夜闌人靜，就連松鼠也躲在樹洞裏睡覺，沒什麼好瞧，谷巴老爹又遲遲未到，他便轉身走回那個客廳不似客廳、廚房不似廚房的室內，拉開雪櫃，從眾多飲料之中，揀了一罐咖啡，扯掉拉環，坐在仿真皮長沙發上，架起腿，仰臉喝了兩口。那張沙發外皮破爛，彈簧外露，腳架卻仍堅固，他坐在上面，只有陷落，沒有傾斜及塌下。大概這間安全屋今趟的用途是給「毒販」落腳，家具破舊，到處灰塵，垃圾滿地，才像模像樣。莫里斯看來已習慣在監控鏡頭下過活，扮演「毒販」入形入格，他在臉上留了粗獷的落腮鬍鬚，不修邊幅，隨手把拉環丟向已告爆滿的垃圾桶，不知是準頭欠佳，還是體諒垃圾桶滿瀉，拉環跌在老遠的牆角。

此時，外面傳來車聲，他站起身，走回窗前，掀起窗簾一角，往外一看，表情變得古怪。

此時，畫面分割，電腦屏幕彈開另一個視窗，同步播放由屋外監控鏡頭拍下的片段，一輛碳灰色的 BMW 客貨車在屋前駛過，停下，倒車回到屋前，再九十度角車尾先行的拐彎倒入安全屋與鄰居之間的狹小車道，停在鄰居花園一株橡樹的蔭下，熄滅車燈，關掉引擎。

「什麼人？搞什麼鬼？」莫里斯看得傻了眼，不禁喃喃自語，拉開窗簾待要看清楚開車的是什麼人，旋轉警示燈的光線忽地射到屋前，他立刻放下窗簾，閃身離開窗門。客貨車安靜地停在兩屋之間，莫里斯安靜地背靠牆壁。安全屋門外的監控鏡頭拍到約翰遜開着警車駛過，他沒察覺客貨車就停在左側小路的陰暗處，相信這時，他的注意力集中於馬蹄形車路盡頭的紅色車尾燈。不久之後，警笛聲在遠處響起，莫里斯回到窗前張望，那輛客貨車沒亮車燈，慢慢離開小路，像個躡手躡腳的小偷携着贓物悄悄離開犯案現場。

小鎮警察的芝麻綠豆小案，莫里斯不打算多管閒事，客貨車要走要躲，他只作壁上觀，以免出了差池，壞了大事。

客貨車剛駛走，另一輛銀色的Volvo房車開至，穿着一身時尚休閒服的谷巴老爹，叼着沒燃點的雪茄施施然下車，莫里斯趕緊打開大門。

「怎麼有輛警車經過？剛才開走的客貨車又是什麼一回事？」

「完全不曉得。」莫里斯把谷巴老爹拉進屋內，「與我們今晚的交易毫無關係。大概是客貨車在公路超速，躲避警車追截吧。」

「沒關係就最好不過。老弟，我們今晚幹的是大買賣，只想順順利利，不想節外生枝。」谷巴老爹進屋後除下紅色的棒球帽，露出半個禿頭。

「當然。」

「錢準備好了？」谷巴老爹把雪茄插進口袋裏，再拉開雪櫃。

「齊備。」莫里斯打開公事箱，讓谷巴老爹看見一疊疊的鈔票，「七百萬英磅，不多不少。」

「嘩！你果然有辦法。」谷巴老爹從雪櫃裏取出一瓶啤酒，走到公事箱前，撿起上層其中一疊，用指頭輕掃，吹了一聲口哨，「你有財路，我有貨源，我們雙劍合璧，合作賺大錢。」

「不要弄濕。」莫里斯從谷巴老爹手中取走那疊鈔票，放回公事箱內，合上箱蓋，「也不要喝酒。」其實他不想谷巴老爹發現藏在箱底的追蹤器。

「你懷疑我的酒量麼？」

「不敢，完成交易後，我們不醉無歸，目前需要集中精神，你喝咖啡吧。」

「咖啡，我不喝冰的。」

「那邊有三合一咖啡包，我剛燒了熱水，替你沖一杯。」

「熱咖啡不好下藥。」谷巴老爹從褲袋裏掏出一個裝滿黃色藥錠的膠袋，在袋中撿出一顆。

「唏，你要吃什麼？迷幻藥嗎？現在不是放肆的時候……」

「別大驚小怪，這是糖尿病藥，每晚服一顆，年紀大，血糖高，再過幾年，高血壓、高膽固醇、痛風、前列腺增生等老友記，陸續登門找我麻煩。」

「服藥，喝清水吧。」莫里斯轉身扭開流理台的水龍頭，在水槽裏撈起一隻玻璃杯，沖洗乾淨，替谷巴老爹斟了一杯清水。

「謝謝。」

「時間差不多，你服了藥，我們便動身出發。」莫里斯打開廚櫃，在盛載刀叉匙的格子裏拿起一柄 Glock 179mm 口徑半自動手槍，退出子彈匣檢查。

「用不着帶武器吧？」谷巴老爹給喝下的清水嗆了一下，「咳咳，陳積先生是位善良的中介人，一買一賣賺取佣金，只求交易順利，不會動刀動槍，你儘管放心。」

「小心駛得萬年船，武器用作防身。」莫里斯把手槍插進腰間，挽起公事箱，「走吧。」

「開你的車？還是用我的？」谷巴老爹放下水杯，戴回棒球帽。

「當然是我的，你的Volvo只適宜接載性感美女。」莫里斯堅持用他的車子，因為車內暗藏隱蔽鏡頭，按照原定部署，MI6的同僚全程監控。

隨着他們走出大門，新的片段在屏幕出現，兩人已在車上。

「地址？」負責開車的莫斯希望問出答案，這樣，MI6的同僚可掌握確實的交易地點，調撥人手。

「左轉，駛出公路，沿河直走。」谷巴老爹沒直接回答。

「遠嗎？前面有加油站……」

「十分鐘左右，不遠，無需加油。」

「十分鐘車程的河邊有什麼地方適合交易？那個鵝卵石淺灘？抑或跨河大橋下的樹林？」莫里斯自言自語。

「一個偏僻的停車空地……」老狐狸還是露了口風。

「原來是停車空地。」莫里斯重複強調停車空地，讓同僚聽得清楚。

「兩部車平排停在一起，放下車窗，一手交錢，一手交貨，貨和錢都沒問題，就各自開車離去，從頭到尾，雙方都不用下車……」谷巴老爹從口袋中抽出雪茄，叼在口裏，也沒點燃。

「不愧是老江湖，安排周到。」

「咦？不是這個停車的地方，我們還沒到呢，你駛進去幹什麼？」

「後面的輪胎好像洩氣，我停車檢查一下。」

「輪胎洩氣，有嗎？行車相當平穩耶。」谷巴老爹狐疑。

莫里斯沒答腔，逕自下車，開啟手機的電筒功能，走向車尾，接着發出一輪咒罵：「可惡！該死！輪胎真的洩氣，這個鬼地方，周圍都是混帳的碎石，一定被其中一塊尖的弄破。」

「那，怎麼辦？」谷巴老爹扯高衣袖，瞧瞧腕錶，「有後備輪胎嗎？我們合力更換，希望不會遲到太多。」

「更換輪胎，費時失事。」莫里斯拉開車門，提起公事箱，「我拿公事箱，你也別把東西遺在車內。」聽得出，莫里斯話中有話，關鍵詞是公事箱，暗示兩人即將離開受監控的車子，同僚應利用公事箱內追蹤器的訊號，以掌握兩人的位置。

「下車，步行嗎？」谷巴老爹不以為然，「太遠了，我的膝蓋關節不中用……」

「當然不是步行前往。看，那邊有……兩輛汽車，我們借用其中一部。」

「借？偷吧，哈哈。」谷巴老爹舉起大拇指，「好主意，年輕人的腦筋轉得真快，喂，那輛深色的客貨車看來合用。」

「它……似乎是剛才躲在我家旁邊避開警察的那輛客貨車，可能已被警方通緝，為免麻煩，偷另一輛吧。」

「相似不等於相同，另一輛的顏色不吉利，你該明白，我們撈偏門的，最講究意頭，還是用那客貨車，只用半小時，用完即棄，不留手尾。」

「好吧，速戰速決。」莫里斯讓步。

關上車門聲過後，一切沉寂下來，畫面上再沒一個人影，也沒任何聲音，除了一輛路過的摩托車，馬力強勁的引擎發出一陣怒吼。

檔案裏的監控片段就停在這裏。

我接續閱讀紙本資料。莫里斯和谷巴老爹偷走客貨車後，MI6特工一直鎖定公事箱內的追蹤器訊號，十分鐘後，訊號位置停下不動，MI6特工根據座標對照地圖，確定兩人抵達另一個面積較小的停車空地，那空地位於一處景色優美的偏僻河畔，供市民把車暫時停泊，到河邊散步、遛狗、看風景。深宵時分，沒人開車到那裏，的確是進行非法勾當的理想地點。古怪的是，時間流逝，公事箱像泊車一樣，一直停留在同一位置。MI6特工覺得事有蹊蹺，馬上指示跟蹤到附近候命的支援人員趕往空地察看，結果支援人員在現場找到一輛Ford休旅車，在車內發現大量血跡、一枚原本藏在公事箱內的追蹤器，周圍不見一人。

經快速鑑定，血跡來自三人：莫里斯、谷巴老爹、陳積。

資料特別註明，陳積就是毒品交易的賣方，Ford休旅車亦是他的座駕。

不僅三人失蹤，那七百萬英磅現金、陳積攜同的等價毒品（流入分銷市場，可獲超過三倍利潤），亦一併不翼而飛。

湊巧得出奇，當日清晨的稍後時間，小鎮警局接報，在公路旁一個停車空地上有車子起火。那正是莫里斯偷走客貨車的同一地點，起火的也是一輛客貨車，已遭嚴重焚毀，不能確定就是莫里斯所偷的，或者神秘女司機所駕的。車內沒屍體，也沒任何線索找到。如果被焚的客貨車即是莫里斯所偷的，那就古怪了，客貨車並非三文魚，無需回到原來的地方結束生命？

警察同時在空地上找到莫里斯那輛輪胎破損的車子，由於不明底蘊，只作一般的棄置車輛處理，MI6後來使人到警局把車領走，不留紀錄，草草了事。

莫里斯、谷巴老爹、陳積自此人間蒸發。

雖然失蹤不等於死亡，但毀屍滅跡的方法多的是，而MI6的尋人網絡可說無孔不入，就連MI6也找不到三人，三人恐怕凶多吉少。所以，過了一段日子，MI6把三人列作死亡，莫里斯亦被歸類為殉職特工。

對於莫里斯的殉職，我深感遺憾，份屬同行，我們執行任務，每每出生入死，箇中兇險，完全感同身受，也理解李森美矢志緝兇的鐵心和過火的舉措。

然而，並非我偏幫白靈，同一個老問題，整件事與白靈有何相干？

雖然鉅款和毒品可令人起歪念、動殺機，但以白靈的個性，她根本就不稀罕。那輛付之一炬的客貨車，難以證實就是衝紅燈女子所開的那一輛，而且，要證明那女司機就是白靈，MI6的證據依然薄弱。即使我退一萬步，認同那女司機就是白靈，那焚毀的客貨車是她所開的，最多只能證明白靈路過那英國小鎮，不知怎的車子被偷被焚，並不能證明她殺人越貨奪金。

接着下來，輪到陳積的檔案了。

關於陳積的背景，MI6已充份掌握。此人來自馬來西亞，活躍於東南亞地區，能說多種方言，善於鑽營，專門充當走私販毒的中介人，經常替東南亞毒販尋找歐美買家，又把軍火從歐美偷運到東南亞。由於他的門路多，辦事能力強，事後又守口如瓶，深獲長期客戶信任，知道很多黑道內幕。

MI6 鎖定陳積，非因毒品，毒品交易只是誘餌，旨在引他落網。

讀過陳積的檔案，我這才明白為什麼殺雞動用牛刀。

按照 MI6 原來的計劃，莫里斯購買毒品是一個局，進行交易時，莫里斯逮捕陳積，當場人贓並獲。在面臨四十年監禁或改作 MI6 線人之間，狡猾的陳積一定選擇後者。MI6 的目標是剷除歐洲的非法軍火源頭，以及把東南亞武裝組織的匿藏資料交給當地政府。這些情報，陳積若肯透露，一定準確有用。

要成功逮到陳積，谷巴老爹是一個關鍵角色，因為陳積素來行事謹慎，新相識的人、來歷不名的人、背景可疑的人，他一律拒絕交易，有錢也不賺，於是莫里斯搭上谷巴老爹，谷巴老爹曾跟陳積做過買賣，關係不錯。檔案裏收錄了一段兩人的電話竊聽紀錄，反映兩人的交情，以及陳積的狡猾：

陳積：「早安，是我。」

谷巴：「你好。」

陳積：「進展順利嗎？」

谷巴：「漸入佳境，你大可放心。」

陳積：「到底，那人穩妥嗎？老實說，我仍不放心。」

谷巴：「你過慮了，那人的背景，我查得一清二楚，沒問題的。他坐了三年牢，剛出獄，一心要在短期內追回因坐牢而失去的時間、金錢、女人。」

陳積：「剛出獄，何來生意資本？」

谷巴：「他很有義氣，坐牢是因替老大頂罪。出獄後，老大為了報答他，打本給他做生意。我請朋友調查監獄檔案、打聽江湖消息，可靠無誤。那人手頭上有大筆錢，托你的福，讓我撈少許油水，買兩根雪茄抽抽。」（監獄檔案和江湖消息

都是MI6偽造的，加上莫里斯出手闊綽，成功引到谷巴老爹上鈎）

陳積：「豈止兩根，你那份佣金，買兩貨櫃的雪茄，足夠有餘。」

谷巴：「哈哈，言重了，總之托你的福。」

陳積：「托什麼福？客套話說得太多，反而虛偽，我最均真，那人出七百，貨主收六百五十，差額我們二一添作五，至於我向貨主抽多少佣金，你向那人抽多少佣金，就各自發財了。」

谷巴：「對對對，承你貴言，大家發財，哈哈。」

發財？兩人如今都「一見發財」了。

誰殺掉他們？

撲朔迷離。

MI6一夜之間失去一個臥底特工、兩個重要線人、七百萬英磅、大批毒品，一敗塗地。李森美等人承受着巨大壓力追捕白靈，如果他們希望透過逮捕白靈可以收復失地，恐怕難以如願，因為一來白靈不易追捕，也不好惹，二來我不相信是白靈所為，李森美最難説服我的，就是白靈的行兇動機，她去英國為要追殺財叔，財叔假若逃往美國，那段時間她便在美國，跟莫里斯、谷巴老爹、陳積相隔半個地球，完全沒理由殺害他們。

當然，李森美會反駁，白靈適逢其會在那小鎮出現，遇上鉅額款項、價值不菲的毒品，或者莫里斯招惹她，例如偷她的車，都有可能觸動殺機。總之，找到白靈問個明白，確實與她無關，MI6才會把她排除在兇手以外。

不過，看完最後一份檔案後，我的立場動搖了，雖不至於完全改變，我仍相信白靈沒殺莫里斯，但我不敢堅持白靈可以置身事外。

那份檔案是小鎮警方的補充資料，包括當值警察的書面報告，以及警車上的行車紀錄。

第一份報告由約翰遜警員親筆所寫，見字如見人，字體肥肥笨笨，句子冗贅拖沓，沉悶得令人懨懨欲睡，要從字裏行間弄清事件的來龍去脈頗也費神。總之，事發在客貨車的焚毀現場，時間是早上九時左右，開端是約翰遜與一名女警員到達現場，負責封鎖和看守，等候鑑證人員到來搜證。就警車的攝錄片段所見，在現場看熱鬧的人並不多，都似是駕車經過，好奇停下瞧瞧，打完卡便繼續行程，個別認識警員的，就多留一會閒聊幾句。就在女警員跟一個大嬸交談時，約翰遜神色凝重地走到女警員身旁，低頭耳語，女警員一面悄悄鬆開槍袋的扣子，一面按着大嬸的背向她作出指示，但見大嬸極力保持鎮定，急步走到警車右前方一輛車子後面蹲下。同一時間，約翰遜和女警員分開左右，犄角站立，手按槍袋，朝警車左前方某人作出指令，角度所限，鏡頭拍不到對方是什麼人。從警員的肢體語言，可以猜想對方具危險性、攻擊性，且無意合作。

約翰遜首先拔槍。

畫面外，突然傳來摩托車引擎的轟隆巨響，大量飛石隨聲而至，沖擊警員的頭臉。

飛石打在身上，雖不致命，但疼痛難免，約翰遜俯身低頭，女警員抬手護臉，兩人狼狽不堪，都被飛石打得連連後退。

接着，一輛摩托車在警車前方跳躍而過，衝上公路。車手戴着頭盔，認不出容貌，但就其身形和身手，憑良心說老實話，我認得她是白靈。

對照約翰遜的報告，當時他留意到騎摩托車的人有點像那衝紅燈的女人，便告知女警員，互相掩護，指令那人除下頭盔，那人不合作，他於是拔槍提升震懾力，可是那人非但不合作，更反過來攻擊警員，她忽地扭轉車頭，用前輪支地，借槓桿之力，撐起後輪，加大油門，後輪擦地空轉，濺起大量碎石，射向警員。

遇襲過後，警員負傷忍痛跑上警車。約翰遜開車追捕，女警員透過無線電向上司報告，要求增援。

白靈為何在焚車現場出現？

莫里斯和谷巴老爹偷車時，監控片段的背景曾傳來摩托車的引擎聲，會不會當時白靈就在附近？

想不通，不合理。

畫面接着播出警車開上 Twickenham 公路後的行車紀錄。

以白靈的駕駛技術，跟小鎮警察相比，超班無疑，像中學生跟小學生賽跑。她不斷加速，人車合一，像一根離弦黑箭，在公路上疾飛，剎那間，就跟警車的距離拉開，警車上的鏡頭只攝到一顆愈來愈小的黑點。約翰遜被甩得愈來愈遠，他連塵也吃不到。

一日之內，白靈第二次甩掉約翰遜，不等於能全身而退，因為大白天視野清晰，不利逃跑，小鎮警局又不止一輛警車、一個警察，接到消息後，附近的巡邏警車蜂擁而去。很快，另一輛警車在 Isleworth 小鎮的十字路口前追上白靈的摩托車。

交通燈號剛轉紅色，白靈停車，回頭瞥一眼警車，再掃視左右兩側，似是有了決定，便大力扭下油門，起動加速，弓背而衝，不顧一切的衝進十字路口。左右直路的車子剛起動直駛，司機給嚇得紛紛猛按喇叭，急踩煞車，最先駛過路口的貨車不能及時停定，千鈞一髮之際，快要直撞白靈的車尾。白靈腰一側，手一擺，摩托車甩尾在貨車的車頭擦過，有驚無險。

貨車最終雖能停定，但尾隨的司機視線受阻，不知前面發生事故，反應不了，收掣不及，首尾相撞，連環碰撞，十字路口登時亂作一團，車子橫直傾側，車身凹凸冒煙，玻璃碎片遍地。追捕白靈的警車也給堵住，警員眼巴巴讓白靈溜掉。

不過，兩輛包抄的警車同時趕到。白靈一衝過十字路口，就看見它們出現在大街盡頭。兩車左右橫泊，自成路障，完全封鎖上、下行車道。警察都跳下警車，手持長槍，站在車旁戒備。

由於警察攔住去路，小鎮大街的交通完全停頓。白靈的前行方向堵塞，相反，反方向車道沒有來車，路面空空如也。前無去路，白靈乾脆來個逆線大迴旋，把摩托車開進反方向車道，卻遇上「後有追兵」，兩名警員在十字路口棄車跑來，迎面攔截白靈。白靈被迫減速，不敢硬闖。後面的路障之處，其中一輛警車開前逼近，車上警察透過揚聲器，喝令白靈停車投降，否則開火。那兩名徒步的警察隨即拔槍，擺出射擊姿態，槍口對準白靈。看來無路可逃，白靈卻不慌不忙，扭撥摩托車把手，把車開進右側的窄巷之中。警車太大，開不進去，唯有在巷口煞停，警員除了說粗口，什麼都做不來，看着白靈在巷內左右穿插，避過垃圾桶、木箱、盆栽、單車等雜物，也避開警槍的瞄準，在巷尾拐彎逃脱。

幾名警員獃在巷口，你瞧我，我瞧他，各人的報告雖沒寫下，光看表情，就知道他們在彼此埋怨，單憑説話時的口型，不難猜到他們在互相卸責：

「你為什麼不開火？」

「我以為她開火。」

「她忽左忽右的，我沒法瞄準，胡亂開火擔心誤傷途人。」

「廢話，窄巷裏何來途人？」

「巷內有幾道後門，說不定有人突然開門出來，你說得準嗎？」

「算了，她跑不脫的，我們回警局發出通緝令，集合全國的警力緝捕她，她插翼難飛。」

「說得對，吃午餐前發通緝令。」

「午餐吃什麼？」

3

我把最後的一份檔案拋到桌上，拿起馬克杯，咖啡已變涼，放下，不想喝。

在昨天的報紙、上月的雜誌之間找到半包魚皮花生，拈了一顆，拋進口中，細細咀嚼。

這堆檔案的內容雖然需要時間消化，但我決定答應李森美的請求，基於這五件事：

1. 白靈駕駛一輛客貨車路經英國小鎮。
2. 白靈駕駛客貨車在英國小鎮衝紅燈。
3. 白靈不讓警察發現客貨車後座的人或物而開車逃走。
4. 白靈逃進住宅區避開警察。
5. 白靈騎摩托車現身客貨車焚毀的現場。

這些事件若獨立發生，我可以拍着胸膛說「偶然」，但，當這些事件加在一起，在同一晚發生，就不能輕輕推說偶然便可了事，尤其白靈早已甩掉警察，她沒必要、沒理由去看那焚毀的客貨車，明知現場有警察留守，她仍要前往，到底想看什麼？想作什麼？

想不到客案。

想不到，就去查吧，查出真相，至少還白靈一個清白。

我走到屋外，站在陽台上，才下午三時多，天空已微帶暮色，下雨的日子，外面一片冷清，公園沒一個小孩，大概都被媽媽關在家裏，空中沒一隻飛鳥，大概都躲在濕漉漉的葉底，路旁停下一輛摩托車，外送車手急急披上雨衣，雨勢不大卻綿密，雨霧隨風飄颺，落在屋頂的，匯聚到簷前滴下，淅瀝淅瀝……

我發了一個短訊給李森美，簡單的一句話：「我去找白靈。」

不出十秒，陸續收到他的回覆，問題如連珠炮發：

「你去哪裏找？」

「需要我支援嗎？」

「預計需時多久？」

「有什麼計劃？」

「即使不能參與追捕，我也想參與盤問，你可安排嗎？」

我一概不作答，他心知肚明，我的答案只有一個「不」，他問只是向上司有所交代，不願意合作的是我，超出他所能控制，其實我答應去找白靈，他應可放心，因普天之下，只有我知道白靈的下落。

白靈在哪？

她在台中。

鋤奸濟貧

阿Wing先往台中找白靈問個明白，卻被捲入台灣黑幫聯手圍攻！

1

在晴空萬里的午後，駕着最新款的 RAV4 開上國道三號線上，心情矛盾。

車子剛從台中機場租的，女職員極力推薦，說這車上月才送抵租車公司，我是第一個租用者。她並沒騙我，車身漆面亮麗，座椅散發簇新的皮革香氣，儀錶板顯示讀數偏低的行車里數。由於我租用兩星期，按需要或會續租，女職員特別給我折扣優惠。其實，Covid-19 疫情持續，直接打擊旅遊業，租車生意不景氣，反正需要用車，就算不給優惠，我亦會光顧她，各盡一分力，共度時艱。

國道三號線路段多變，沿途風景優美，有山有水，有直有彎，有橋樑，有坡道，在藍天白雲之下，瀏覽美景，超速超車，盡情發揮 RAV4 的馬力和扭力，充份享受駕駛樂趣。

矛盾的是，我應該開進反方向的車道，只不過十分鐘車程便抵達高美濕地，在海邊的咖啡店小坐一會，喝杯冰凍的拿鐵，吹一下海風，眺望堤岸上巨型的發電風車在風中徐徐轉動，待到日落時分，陽光收斂，踏上彎彎曲曲的泥沼棧道，細看伏在淺水泥洞旁的彈塗魚瞪起一雙又圓又凸的大眼睛盯着舞動紅色大螯的招潮蟹在泥沼地上如何橫行霸道。

記得，我與真生曾經優哉悠哉地並肩坐在棧道的木板上，嘗試對照旅遊指南分辨招潮蟹、大眼蟹、和尚蟹、台灣厚蟹、隆背張口蟹、雙肩股背蟹、漢氏螳臂蟹、兇狠圓軸蟹、斑點擬相手蟹……看着 Hea 着，不覺時間流逝，偶爾抬頭，發覺金黃色的夕陽已在地平線隱沒，亮暖絢麗的霞光漸被暗藍的雲彩覆蓋，水光天色揉成一片姹紫橘紅，那一刻，只覺天地寂然，眼前人與身外物盡都如幻似真，一種不真實、不長久的感覺襲上心頭，大概這就是古詩「夕陽無限好，只是近黃昏」的情懷，詩人的矛盾，同感一景，不分古今。

一晃眼，就過了許多年，如今物是人非，有機會再臨台中，本應重遊舊地，睹物懷人，可是我的目的地並非清水區的高美濕地，而是反方向前往大里區去尋找白靈。

事與願違，身不由己，人生總是充滿遺憾。

白靈行蹤飄忽詭秘，我如何確定她在台中？

全憑那個來自台北、客居墾丁的休學生（載於《Q版特工41柒里香》），雖然他不滿意我不認同他的消極躺平，但我始終幫過他的忙，他亦是講信用的人，還是告訴我關於白靈的消息。半年前，我突然接到他的電話，說搬運公司派工人到他所住的出租屋搬走上一個租客（即白靈）的行李。我追問他，工人把行李搬往哪裏？哪間搬運公司負責？他竟說沒在意，依稀記得單據上寫着台中市大里區，至於什麼路什麼巷幾多號幾多樓，就過目即忘。到底搬運公司的辦事處在大里區？抑或搬運公司把行李送往大里區？他一概不知道。

不知道就不知道吧，我當時並沒追查下去，因為MI6特工已被遣返英國，威脅解除，尋找白靈變得沒迫切性，就讓她繼續自由自在，沒必要去打擾她，事情就此不了了之。現在情況有變，我答允李森美去找白靈，想起那休學生給我的消息，便從台中入手，希望白靈仍在台中。其實，白靈仍在台中的可能性極高，啟程前，我跟幾個熟悉台灣黑白二道的朋友喝酒聊天，順便探聽消息，尤其在 Covid-19 變種為 Omicron 的年頭，防疫政策和市民習慣時有改變，多掌握一點新資訊，方便辦事，撇除那些三杯到肚後的胡言亂語，整合各人的說法，我意外地發現一個古怪現象：過去半年台中的沒紀錄劫案增加、整體罪案減少……

Okay，Okay，我沒寫錯，出版社也沒印錯，我的確說：沒紀錄的劫案增加、整體罪案減少。

喜歡咬文嚼字的你，或已在心裏批評我說話前後矛盾，不合邏輯，首先質疑什麼是沒紀錄的劫案？跟有紀錄的劫案有何區別？

少安毋躁，為方便說明，我舉個例子。

假設你的鄰居陳先生今早上班時在電梯內遇劫，事後他前往警局報案，告知案發經過、劫匪容貌、失去什麼財物等等。警察作了紀錄，自會立案跟進調查。這就是有紀錄的劫案。

你有沒有想過，如果遇劫的是一個地痞流氓，他失去的是勒索商販得來的「保護費」，或者被劫的是一個毒品拆家，他失去的是販賣大麻得來的「貨金」。試想，這個劫案的「受害人」會不會跑到警局報案？一定不會，因為他的失款也是贓款，報案等於投案。所以，這宗黑吃黑的劫案，警方即使沒紀錄，亦確曾發生。

深入一步說，這些發生在地痞流氓或毒品拆家身上的劫案，除了沒報警，還有另一個共通點，「受害人」不僅被劫，還遭「劫匪」痛毆一頓，手腳骨折、頭破臉腫、大腦震盪是常見的傷勢，這些外傷雖不致命，但有一段日子免不了行動不便。一個壞人行動不便，便少一個壞人作奸犯科，兩個壞人行動不便，便少兩個，如此類推，此消彼長，整體罪案隨之而減少。

另外，一位經常在台中小社區走動的朋友告知，這半年以來，當地的非官方慈善援助也神秘的飆升，不少貧困人家一覺醒來，發現家裏多了一包來歷不明的現金，俄烏戰爭導致全球能源糧食供應短缺，低收入家庭過着物價上漲的苦日子，那些「空降援助」替他們解決了燃眉之急。

我於是托朋友找一些具體資料，根據這些資料在台中地圖上把發生「劫案」和「援助」的位置分別以叉號和剔號作標記，完成後攤開一看，就發現叉號和剔號都以大里區為圓心，一路向周邊擴散。

答案呼之欲出。

人有兩面，白靈不例外，她一方面低調冷漠，不理世事，另一方面她有正義感，鋤強扶弱。最重要的，她有空，沒「細藝」，又在台灣生活已好一段日子，沒收入，坐食山崩，需要生活使費，因利乘便，把不義之財變作有意義的用途，零成本，低風險，助己助人，何樂而不為？

花了差不多一小時，到達台中市。我駛離高速公路。一轉入市區街道，煩惱來了。

在台灣開四個輪胎的汽車，最怕遇上兩個輪胎的機車。台灣機車的路面特色是多、密、亂，鐵騎士不全是年輕人，還有大叔大嬸，甚至大大小小的一家三口、四口，有些還載着行李雜物，駕駛態度和習慣大有問題的大有人在，常見的，換線不閃指揮燈或不打手號，要轉就轉，要停就停，要衝就衝，完全不顧路面狀況，不管車流疏密，有隙便鑽，見縫便擠。

按照交通規例，機車要集中在右線行駛，我於是切入左線，避開他們，卻仍時刻留意右側，雖然左線路面明明髹着「禁行機車」，但當右線太擠迫時，有些鐵騎士為了超越右線的機車羣，會肆無忌憚地加速突入左線。我稍不留神，隨時把對方連人帶車撞翻，到時我的車給刮花倒是小事，對方的人給刮花就可大可小。

此時，我的左側是分隔上、下行車道的路壆，按理不會有人、車出現，因此我記掛着瞻前、顧後、右盼，暫時鬆懈左顧，驀地RAV4左側的防撞雷達發出嗡嗚示警，把我嚇了一跳，頭一轉，原來有個大叔駕着機車從我左側盲區「噗噗噗」的開上來，在RAV4車旁與路壆之間的空隙突入，跑到我的車前，再切回右線，穿過機車羣，開進右側的巷弄，過程全沒閃燈、打手號，只是稍稍瞄一下右側鏡，簡直神乎奇技，技高人膽大，就像路人逛街時，對某家時裝店感興趣走進去瞧瞧一般的理所當然。

遇上這些自以為銅皮鐵骨、膽正命平的鐵騎士，我真是一步一驚心。尤其停在十字路口交通燈前，在等候燈號由紅轉綠的幾十秒內，機車不斷貼近RAV4兩側往前擠，沒多久就在擋風玻璃前面密密麻麻的聚了一大堆，短短幾十秒內，RAV4車身四周的防撞雷達警示響個不停，滋擾令我想起台灣詩人羅門在一九八九年發表的《雙拼空間》：

一羣帶着都市
　直衝的機車
被紅燈攔阻下來
一排排動不了的車輪
一排排焦急的眼睛
全都停在那條茫茫的
　生存線上
等着路擠過來
　街擠過去

三十三年過去，老問題昔在今在，似乎將來也沒改善對策。

當 Google 導航顯示 RAV4 已開進大里區後，另一個也在預計之內的困難來了。

大里區的人口超過二十萬，分佈於平原盆地與山麓坡地的二十八平方公里之內，白靈躲在哪個角落？如何把她找出來？

如果我的人生字典有機會印製成實體版本，「煩惱」、「困難」一類的負面字詞，永遠都用最小的字號印刷，不會作誇張的放大、失實的渲染。回顧我的人生經歷，甚少解決不了的困難，天大的煩惱也總有出路，所以當我駕着RAV4進入大里區後，第一步就是找方法去解決困難，首先嘗試的方法是「家訪」。

按照朋友給我的「受害人」地址，到達其中一個「受害人」的養傷地點，先在附近繞了一圈，對街巷大略有個印象，兼找地方泊車，最後把RAV4泊進露天停車場，離開車廂前戴回口罩，橫過馬路，轉入橫街。行人道泊滿機車，我被迫走出車道，貼近路肩直行，從後而來的機車不斷貼近我的肩膀駛過，鐵騎士都技術了得，沒一個碰及我，只要我維持直線，步履穩定，便相安無事。附近傳來垃圾車的叮噹音樂聲，只聞其聲，不見其車，大概它在附近的街巷繞來繞去，街坊陸續拿着垃圾袋走到路旁等候，瞧一眼腕錶，距離晚飯尚有一段時間，煮完晚飯的垃圾如何處理？垃圾車會不會多來一趟？

橫街走盡，我爬上一段狹窄陡峭的石階，漸漸遠離民居，身後的垃圾車音樂聲愈來愈模糊。這段石階愈走愈荒涼破落，路面崩壞沒人修葺，野草在石隙間肆意蔓生，很難想像這山坡上有人居住，若非地址的描述明確詳細，我一定以為走錯路。

不用二十分鐘，到達山坡頂部，穿過一些雜樹亂草藤蔓，來到另一側的向下石階，這邊的坡道平緩，石階兩旁的平地上搭建了低矮簡陋的房舍，朋友的指示跟實際情況一樣，證明路徑正確，雖然剛才那段上坡路爬得我滿頭大汗，但並不冤枉，因為這邊的房舍不經規劃，沒門牌號碼，我人生路不熟，像隻盲頭烏蠅，找人一定要問「左鄰右里」，一問就打草驚蛇，畢竟是黑幫供小弟匿藏養傷的「鐵巢」，一個陌生人在黑幫的地頭問路，只會招人注視。反而從一條少人走動的路徑翻過山坡，再沿石階往下走，第三間石屋就是目的地，不會找錯，也不會驚動任何人，符合我一貫的低調作風。

我不動聲色地來到石屋門外，鐵門鎖着，半開半掩的木窗傳出音樂聲，屋內似是播放着電視或電台的音樂頻道。我待要叩門，鐵門卻「嘎」的打開，飄出陣陣臭氣，一個沒戴口罩的平頭少年携着籃球走出來，跟我擦肩而過，他只用冷漠的眼神瞟我一下，沒問我是誰？找誰？或者站在門外幹什麼？

「我找阿東。」我如實地道明來意。

平頭少年收慢腳步，背着我說：「睡房。」

「謝謝。」我放輕腳步走進玄關，反手關上鐵門。

玄關地上歪七扭八的放着一些髒鞋。客廳的電燈亮着，電視開着，儘管戴着口罩，仍嗅到電風扇吹來的陣陣酒臭、煙臭，以及男人們的汗臭。L型的長沙發上臥着兩個死魚一般的男人，俯臥那個的右腳擱在仰臥那個的頭上，兩人只穿四角內褲，露出胸膛、背脊、胳臂、小腿的飛鷹、蟒蛇、猛虎、牡丹等紋身圖案，手和腳不是纏裹着繃帶，就是敷了石膏。再往內走，原來沙發背後的地板上還躺了另一個人，我小心地沒踩到他，也跨過散落周圍的空酒瓶、泡麪碗、便當紙盒，踱進走廊，廚房門虛掩，廁所門關上，睡房門沒上鎖，我輕輕把門踢開，房內瀰漫着一股令人作嘔的餿水氣味，我忍受不住，搬開窗台上的花瓶，打開緊閉的窗簾和窗子，窗子一打開，囤積在房內的臭氣旋即流到外面，外面鮮活的空氣同時透進來。

地上鋪着一張厚牀褥，沒牀架，被單下露出一雙臭腳。

一灘嘔吐物遺在牀褥後方的木地板上，吸引了一團蒼蠅和一列螞蟻。

這地方是人住的嗎？

我掀開被單。

一個只穿內衣內褲的紋身男人像毛蟲似的蜷縮牀上，額頭的繃帶正滲着血，枕頭、牀單也染有血污。

「起來，你是阿東嗎？我有話要問你。」我拍他，搖他。

「別……鬧……老子……要睡……」他閉着雙眼呻吟道。

任由他睡下去，不知睡到何時何刻？我回身提起窗台上的花瓶，拔掉插在瓶內那幾根花不成花、草不像草的植物，把半瓶多天沒換的濁水淋在他的臉上。

「嘩！媽的！幹……幹什麼？」阿東登時清醒過來，瞪眼瞧着我，「呀！你是誰？」

「是我問你。」我拋下花瓶，一腳踩住他的胸膛，「不是你問我。」

「哎喲……老兄，腳下留情。」他痛得臉容扭曲，冷汗直冒，「我胸口的傷……還未痊癒……」他拉開衣襟，露出胸前的滲血紗布。

我挪開腳，退後，掃走搭在椅背上皺巴巴的衣服，把椅踢近牀褥，坐在椅上，架起腿，問：「是那個打劫你的人打傷你？」

「是。」他揉着胸口，想坐起來。

「繼續躺着。」我把腳伸直，用鞋尖抵住他的鼻尖，「那人什麼容貌？是男是女？」

「不曉得。」他唯有躺下，面對我這個橫蠻的入侵者，含怒卻不敢發作。

「怎會不曉得？分明胡說！」

「我沒騙你，我真的不曉得。」

「被人毒打一頓，連對方的容貌也說不出，如何報仇？虧你還是幫派的金牌打手，真丟臉耶。」

「那人動手時，穿着鬆身的黑衣黑褲，頭戴黑帽，臉上掛着V煞面具，我們五個人沒一個瞧得出他的身形和面貌。」

「那人以一敵五，沒人助拳，把你們打得落花流水，對嗎？」

「老兄，你是什麼人？警察？問我這些事幹嗎？」

「你又忘了，是我問你。」我從椅上站起，提起腿，作勢踩他的胸口。

「對對對，是你問我答。」他無奈地舉手致歉，「對方只得一人。」

「那人有用武器嗎？」

「一柄黃雨傘。」

「說清楚一些，那人用雨傘作武器打傷你們，是不是這樣？」

「是。傘柄勾腳，傘身劈打，傘尖刺胸。」他苦着臉指一下胸口的紗布。

「那人有說什麼嗎？」

「他一現身就動手，打倒我們，搶了錢便溜，由始至終，一聲不哼。」

「你們一共五個人，客廳躺着三個，這裏一個，另一個呢？」

「另一個傷得太重，老大把他送進地下醫院動手術，仍然留院。」

「聽說，最近不止你們遇劫，其他幫派亦損失慘重。」

「的確如此。」

「你們老大有什麼對策？」

「一方面少做買賣，減低損失；另一方面，跟相熟的幫派聯手追查，把那傢伙揪出來。」

「有沒有頭緒？」我替白靈擔心，各幫派聯手，不容易應付。

「沒有。根本不知那人什麼來路。」

看他的樣子，一身肌肉，滿臉糊塗，四肢發達，頭腦簡單，渾人一個，再問下去，也問不出什麼線索。

「我沒話要問了，謝謝你的合作，你繼續睡覺吧。」我反手一掌把他擊昏。

一班酒囊飯袋！

搶他們的錢比起打劫便利店更加便利，現金多，反抗力薄弱，又不擔心警察追查，他日退休，我應該考慮效法白靈，遷到此地生活。

放開腳步踏出睡房，不經意的踢翻一個空酒瓶，酒瓶「乒乒乒」的滾過客廳，停在牆角，瓶上貼着58度高粱酒的商標，那三個分別躺臥沙發上、地上的紋身男人沒意識地動了幾下，繼續昏睡，喝下這麼多烈酒，又吸食大量一手煙、二手煙，不省人事沒一天也半天，睡醒仍會渾噩兩天，要靠吸煙提神，不斷惡性循環，這樣的人生還中用嗎？

離開那間臭屋，仰臉吸一大口新鮮空氣，下山後要吃一大碗花豆愛玉嫩仙草，心理上至少可清袪一下臟腑。

「家訪」完畢，待要循原路回去，不遠處的空地上傳來吵鬧聲，看時，那裏聚了一羣少年，都沒戴口罩。好奇細看，剛才那平頭少年竟被人反綁雙手，站在空地中央，他的籃球落在另一個沒穿上衣的黑實少年手上，黑實少年作勢把球砸向平頭少年，平頭少年像烏龜般縮了縮脖子，黑實少年哈哈賊笑，把球橫傳給左邊的「隊友」。他們一共六人把平頭少年困在核心，在外圍互相傳球，趁平頭少年偶一鬆懈便用球砸他。外圍旁觀的少男少女，有人幸災樂禍為霸凌者助威，有人抱不平為平頭少年打氣。

這班少年有學不上、有書不讀，沒戴口罩在空地聚集，幹和看這種幼稚的霸凌行為，既違反政府的防疫指引，又損人不利己，怎麼沒大人好好教導他們？

籃球再次傳到黑實少年手中，他作一下假動作，佯裝傳球往右側，趁平頭少年分神注視左側，立即把球大力投出，平頭少年知道中計已反應不來，籃球擊中他的右耳，反彈回去，平頭少年一個踉蹌，勉強站穩腳步，黑實少年得勢不饒人，趨前搶接籃球，乘着助跑衝力，躍起，單手持球，朝平頭少年的頭臉猛力投砸。

危險！

我立即撿起一塊石子，使勁彈出——

急勁的石子「咻」的飛進空地，後發先至，角度準確，黑實少年的籃球剛離手，石子掠過一個圍觀的孖辮少女頭頂，擦過籃球的西半球，彈高呈拋物線飛出空地，力盡丟落山坡草叢。勁風帶動氣流，石子盪起孖辮少女的髮辮，同時改變籃球的投向，籃球從平頭少年臉旁飛過，站在平頭少年身後的小胖子以為平頭少年必中「頭獎」，全沒準備，不虞籃球忽地轉向，迎面飛來，落在自己身前，着地反彈，呆若木雞的被彈起的籃球擊中小腹，登時臉色大變，痛得喊不出聲，掩着小腹，蹲地不起，惹來圍觀者一陣訕笑。

誤傷小胖子，「隊友」紛紛投以責怪的目光，黑實少年老羞成怒，欲以更大的殺傷，挽回面子，衝上前一掌把平頭少年推跌，再拾起籃球，跑到平頭少年身旁，把球高舉過頭，要出盡全力砸下去。

「使不得，只能在外圍投擲。」孖辮少女尖聲喝止。

黑實少年充耳不聞，毫不猶豫地把球朝平頭少年的腦袋砸下。

不怕，不怕，救星到了。

我擲石之後，隨即施展輕功，兩個起落，已搶到黑實少年身後。圍觀者的焦點全落在平頭少年的安危，沒人注視到我如鬼魅一般的突然出現，還把黑實少年的籃球奪走。

眾人無不訝異。

空地上一片鴉雀無聲。

「誰敢偷走我的球？」黑實少年轉身咆哮。

「玩耍要適可而止，不何傷人。」我把籃球頂在食指上旋轉。

「四眼狗，關你屁事……」

「沒家教……」我一巴掌把他摑得原地自轉三周半才栽倒，這種小流氓，不給他教訓，只會變本加厲。

「嘩！」眾人發出低沉的驚呼。

「我會盯緊你們。」我裝出一副凶神惡煞的樣子，逐一掃視其餘的霸凌者，

「你們好自為之。」

嚇得他們扶起「隊友」匆匆逃去，圍觀者亦一哄而散，除了那孖辮少女，她跑過來替平頭少年鬆綁。她的上唇微微突出，左眼角下方有一顆小小的淚痣。

我把籃球放落平頭少年腳前，徐徐離去，背着他說：「不用客氣。」

「是個女的。」他在我背後道。

「嗄？」我停步轉身。

「那個打傷阿東的人是個女子。」平頭少年搓揉發紅發燙的右耳，「先前我在窗外經過，聽見你問阿東。」

「你怎知她是個女子？」

「她說的。」他瞄一眼身旁的孖辮少女。

孖辮少女接着說：「我看見她把錢放進張老爹家裏，那時她除下黑帽和V煞面具，露出真面目。」

「是她嗎？」我取出手機，顯示白靈的照片給孖辮少女辨認。

「是。」孖辮少女點頭，「我好像也在市集見過她，不過她戴着口罩，只是髮型和身形相似，不敢肯定是否同一人。」

「市集？」

「有一個朝早，我幫媽媽搬水果去市集賣，她來光顧我們買鳳梨。」

「什麼地方的市集？」

「那兒。」孖辮少女遙指山坡下的盆地，「就在那四幢大樓中間的七將軍廟前面。」

就孖辮少女所指，四幢樓高二十多層的住宅大廈座落於大羣平房聚落之間。同樣規模的大樓若建在台中市的南屯區、中區，只屬「尋常巷陌人家」，築在大里區則是巍峨聳立的地標。

2

「青箬裹鹽歸峒客，綠荷包飯趁墟人。」（唐　柳宗元）

「趁墟漁子晨爭渡，賽廟商人晚醉歸。」（宋　范成大）

「童子驅羊去，村姑賽廟還。」（明　袁宏道）

昔日中國，鄉鎮的寺廟空地多有市集，稱為廟會、廟市、墟市。最初與寺廟節日同步營業，行商看中善男信女的數目大增，趁機售賣祭祀用品，大做生意，後來發展為固定攤檔，市集漸見規模，貨品也愈來愈多元。從上述唐、宋、明代詩人的作品，可知這些傳統市集由來已久，貨品包括魚肉蔬果柴火油鹽，大概路途遙遠，古時交通不便，參與者大清早便要趕路前往。

七將軍廟前的市集秉承傳統，也在早上開始，攤檔集中於廟前的興福街兩旁，一直延伸穿過橫巷至大里路。既有阿公阿婆經營的地攤，一張帆布鋪在路邊，小堆小堆的擺放商品，沒明碼實價的標示，顧客看中問價，價錢沒問題就成交；也有專業商販的金屬小車，各人把車推到據點，鎖上輪轆、撐開遮陽擋雨的蓬蓋，便開檔做生意。大家的賣點同是「自家」，例如自家養的雞鴨鵝、自家種的瓜果菜、自家撈的蛤蠣蜆、自家包的餃粽糰、自家養的虱目魚、自家製的蘿蔔糕，賣點是農家風味、鄉土民情。

大里路兩旁店鋪的營業時間也配合市集，只開早上，諸如早餐店、雜貨店、服裝店、鞋店、花店、理髮店、文具店、玩具店、五金店、水果店等，一到中午，墟市散了，店鋪也相繼休業，所以這段大里路上午時分最為熱鬧繁忙。

芸芸攤檔之中，唯一需要排隊的是橫巷內的滷肉檔，老闆把大盆香噴噴、熱騰騰的滷水五花腩和豬腳放在長枱上，顧客喜歡哪塊就夾哪塊，每日只賣一盆，賣光收檔，來得晚的顧客唯有明天請早。

我在滷肉檔前面走過，瞧一下，盆內的五花腩所剩無幾，豬腳已被夾光，的確深受街坊歡迎。老闆每天的營業時間雖短，預備時間卻長，那盆滷肉少一點火候也不好吃，早上開檔，大概半夜起牀烹調，賺的也是辛苦錢。

我拿着白靈的照片一連問了幾個攤販和街坊，回應都是搖頭，從對方的眼神、動靜，我明白此法不通，可能他們真的沒見過白靈，白靈亦不輕易露面，更大的可能是他們不想惹事，我這個國語發音不正的外來人，並非本地的執法人員，拿着一張女人的照片到處打聽，當然令人起疑，有個阿姨甚至不看照片，只瞅着我直搖頭。

我放棄了。

找了一家早餐店，坐在吊扇下吃鮪魚蛋餅，從路人的縫隙間看對街的孖辮少女削鳳梨，但見她穿上膠手套，左手捧起鳳梨，右手拿着長鋒薄刃的水果刀，乖巧熟練的去皮削肉切粒，把切好的鳳梨粒裝進膠袋裏，用竹籤穿封袋口，一袋袋的擺在小車的貨架上，任顧客挑選。她也看見我，認真地給我一個肯定的搖頭，表示今早沒見過白靈。

今天看來白跑一趟。

想起那滷肉檔，老闆不用到處貼街招、派傳單，滷肉好吃，顧客主動找上門，同一道理，問人不是辦法，到處尋找白靈不如等她主動現身，我想到另一個主意，草草吃完蛋餅，走到對街，跟孖辮少女買了一袋，用封口的竹籤叉吃鳳梨粒，香鮮清甜，甜而不膩。我一邊吃鳳梨，一邊請孖辮少女幫忙。

3

孖辮少女把毛巾浸過水、擰乾後携出廁所，來到牀前，平頭少年幫忙扶起張老爹，孖辮少女跟平頭少年有默契地交換眼神，平頭少年接過毛巾，孖辮少女打開勾在凳背的掛肩袋，取出一盒便當，放在桌上，平頭少年拿着毛巾從張老爹瘦削的肩膀開始為他擦身，張老爹不住道謝，孖辮少女拉開木凳，挨着牀尾的五桶櫃坐下，無聊地掃手機、看訊息，平頭少年着張老爹面向牆壁，從張老爹的腋下擦到腰部，再由後頸擦到背部，孖辮少女趁張老爹不覺，悄悄拉開五桶櫃，張老爹年輕時在背部刺了夜叉紋身，本來紋身的樣子猙獰可怖，現在年紀老大，肌肉萎縮、皮膚鬆弛，夜叉變得面目全非，尖角和獠牙隱沒於皮膚的皺褶之間，嚇人的血眼、高尖的鼻子、陰森的闊嘴，都隨鬆弛的皮膚向下垂，凶惡的夜叉變成乾癟的苦瓜，看着張老爹舊日的紋身，平頭少年會否想到今天的阿東？

孖辮少女在五桶櫃裏摸出一個白信封，她認得信封是黑衣女子留給張老爹的，裏面厚厚的裝着鈔票，這幾天，張老爹用來繳交房租、覆診買藥、吃飯喝茶，厚度少了一半，金額仍然不少，平頭少年替張老爹擦完身，扶他坐到桌前，為他打開便當，孖辮少女把信封放進掛肩袋裏，挽起袋，慢慢退到玄關，推門外出。

黃昏時候下過一場驟雨，半濕半乾的巷弄散發着一股雨水的氣味。

孖辮少女掩上門，小心跨過地上的小水窪，走進巷弄深處。

在她身後，街角的路燈下面，一隻野貓敏捷地越過無人的弄巷，找到一輛泊在騎樓底的機車，輕巧地跳上乾爽的座位，躺下，閉上眼睛，搖着尾巴，享受已靜止的引擎釋出的餘熱。

孖辮少女差不多走到巷弄的盡頭，看見等候她的人，路燈把一長一短的人影貼在仍然濕滑的地上，她停在較高的人影頭上，不再前進。

「拿來。」高個子張開手掌。

孖辮少女遲疑。

「快。」高個子踏前一步，她清楚看見他的臉龐，正是那黑實少年，另一人是那個有份霸凌平頭少年的小胖子。

孖辮少女手慌腳亂的拉開掛肩袋，取出從張老爹家中偷出來的信封，擲給黑實少年後，急急忙忙地轉身逃去。

黑實少年接着信封，打開，得意洋洋地抽出一疊藍色的鈔票，在小胖子眼前晃了晃，小胖子試着伸手去摸，黑實少年一把將鈔票抓作一團塞進褲袋裏，小胖子摸了個空，尷尬地搓手，黑實少年拍摸小胖子的頭，豪氣地説：「走，今晚我請客吃烤肉，包你吃到飽，呵呵呵。」

「好啊！」小胖子咧嘴拍掌。

兩人興高采烈地大步直走，不管水窪旱地，照踏可也，穿的又是露趾涼鞋，不消十秒鐘，兩人的鞋頭和趾頭都被泥水沾污。差不多走到巷口，路燈映照，一頭巨大的黑影驀地由樓上撲落，他們還沒察覺，躺在機車上的野貓驚覺異動，「喵」的跳下，竄到垃圾桶後躲藏起來。黑實少年和小胖子後知後覺，曉得停步戒備時，眼前已站着一人，攔住去路。那人一身黑衣黑褲黑帽，臉戴V煞面具，手執一柄黃雨傘。兩人聽過台中V煞的來頭，登時給嚇得心驚肉跳。

V煞朝黑實少年張開手掌。

「給吧……」小胖子推拍黑實少年的手肘。

黑實少年隔着褲袋摸按厚厚的一團鈔票，心有不甘，翻起雙眼，上下打量V煞，大概在心裏盤算，此人個子不高，體格也不魁梧，雖則近月不少黑道中人栽在他手上，但消息都是傳聞，自己沒親眼見過，大凡傳聞這回事，每次轉述，不免加鹽加醋，轉述幾次，每每由一個打兩個變成一個打十個、由斷一根肋骨變成斷五根，今晚若誤信流言，乖乖把鈔票雙手奉上，做了羊牯沒人可憐，相反，如果放手一搏，打倒V煞，自此在黑道揚名立萬，前途無限，想到這裏，他雙手握拳，露出躍躍欲試神色。

V煞豎起食指，左右搖動，示意黑實少年懸崖勒馬。

黑實少年惡向膽邊生，向前邁開腳步。

小胖子見勢頭不對，慌忙退到騎樓底。

V煞失望地輕輕搖頭。

黑實少年一咬牙，就衝向V煞。

只見黃影一閃，也不知V煞用什麼招式，黑實少年「哇」的一聲仆倒地上，跌個狗吃屎。

「我的媽呀！」小胖子拔腿而逃。

V煞走近黑實少年，再張開手掌，黑實少年瞧着對方的黃雨傘，心底發毛，只好把褲袋裏、口袋裏的錢統統掏出來，放在V煞手心。看來V煞今晚手下留情，沒再攻擊黑實少年，拿了錢，以不疾不徐的步調走進張老爹的家。

這時候，張老爹吃完便當，V煞進來時，我剛替張老爹沏了一壺烏龍茶，斟滿一杯，放在桌上。V煞看見我，凝於面具，我瞧不見她的表情，但就肢體語言，她並不驚訝，她把錢放在張老爹的烏龍茶旁邊，張老爹連連道謝，V煞並不急於離開，平靜地坐在孖辮少女坐過的木凳上面。

「喝茶嗎？」我問。

V煞點頭。

「戴着面具不方便啊。」

她除下帽子、面具，一如所料，是白靈。

一張睽違日久的不爽臭臉再現眼前。

我多斟一杯烏龍茶，放在桌上。

「你來抓我？」白靈瞥一眼茶杯，瞥一眼我，仍舊坐着不動。

「是找，不是抓。」

「找我幹什麼？」

「先喝杯茶，慢慢說。」

「我慣喝冷泡茶，熱的，不喝。」

「那，多坐一會，放涼了，慢慢喝。」

「聚舊我沒興趣，有話快說。」

「是這樣的，我想問你關於二〇一九年……」

就在這時，大門「嘭」的被人踢開，一個打赤膊的彪形大漢跨進玄關，雙手叉腰，刻意露出插在褲頭的手槍。

「啊呀……」張老爹給嚇得魂不附體。

「別怕。」我扶住張老爹。

「V煞，到外面受死吧！我不想弄髒張老爹的家。」赤膊大漢嘴裏咬着檳榔，張口說話時，嘴角溢出紅色的檳榔汁。

白靈嘛一下嘴，戴回帽子和面具，橫我一眼，說：「都是你的錯，害我搬家。」

「搬家罷了。」我吁一口氣，瞅着赤膊大漢，「我還以為你要殺人滅口。」

「人這麼多，殺得光嗎？可考慮插瞎他們的眼，或者打碎他們的下顎。」

「說完沒有？」赤膊大漢走到屋外，回頭催促，這就是活得不耐煩的例子。

我把杯裏不冷不熱的茶喝光，跟仍然打顫的張老爹說聲「打擾了」，尾隨白靈走到街上，一看對方的陣勢，有點兒心脊發涼，十多輛車子把街巷堵死，周圍密密麻麻的站滿殺氣騰騰的漢子，巷弄的家家戶戶都關窗關燈，少數膽子較大的街坊躲在窗簾後面偷看或拿手機不亮閃燈的偷拍。

「不用你插手。」白靈好整以暇地把弄手上的黃雨傘，完全不把對方的人多勢眾放在眼內。

「小心喔。」我拂走機車座椅上的貓毛，坐上去，冷眼旁觀，不住評估對方的虛實，就人數分佈，這些人至少來自五個幫派，壁壘分明，人多不一定好辦事，幫派之間各懷鬼胎，合作成疑，我們可乘虛而入。

「胡老大，人出來了，我們還有三分鐘。」赤膊大漢向一個鬍鬚漢舉起三根指頭，「警察三分鐘後到。」

「何需三分鐘？我三秒鐘就斃了這傢伙。」胡老大拔出改裝過的「金牛座PT92」手槍，對準白靈，罵道：「你吃了豹子膽麼？竟敢在台中撒野，搶我們的錢，傷我們的人，我胡老大今晚就替台中的幫會出一口烏氣……」

「說完沒有？」白靈雙手握柄，以傘代劍，擺出日本劍道的起手架勢「八相」，「放馬過來。」

「吃子彈吧！」胡老大扣下扳機。

「砰——」

白靈張開雨傘，搶步上前，抽出傘中劍。子彈射中傘面，彈開。原來雨傘是防彈的。

胡老大還沒機會發第二彈，銀光閃閃，白靈手起劍落，胡老大慘叫一聲，手槍墮地，持槍的右手給廢了。白靈不待劍招使老，回身一劍，刺中赤膊大漢剛觸及槍柄的手腕，赤膊大漢張口還沒喊痛，側額已給白靈補上一記「旋身側踢」，橫身飛開，撞在一道木門之上，「哇」的吐出一口不知是檳榔汁還是鮮血的液體，那道木門關不牢，經不起他的跌勢，「嘭」的被他撞開，他跌進屋內，屋內傳出女人和小孩的驚呼。

「砰——砰——」左右各有人開火。

白靈撐傘擋住從左側飛來的子彈，右手仗劍當胸封擋，另一顆子彈射中劍身，向上彈飛。

敵眾我寡，不能讓白靈變槍靶。我打出一枚飛鏢，「啪」的把頭頂的路燈擊毀，巷弄頓時變暗，視野不清，眾人不敢胡亂開槍。有人取出手機照明，我的飛鏢連發，望光源擲去，一一把手機摧毀，沒人再敢亮燈。

巷弄之中，黃影翻飛，銀光舞動，白靈劍刺傘劈，殺得性起，得勢不饒人，如無定向風一般，忽左忽右，所到之處，必有人中劍倒下。一個幫派的人受傷，另四個幫派的人逃跑，沒人支援補位，對方兵敗如山倒。一班烏合之眾，爭相逃出巷弄。在白靈的字典裏，並沒窮寇莫追，只有窮追猛打，她持傘砍劈，一式劍道的「打落技」擊中一個來不及登車的漢子，那漢子的背脊像脫臼似的「嘞嘞」作響，他「嗚」聲叫痛，一跤摔在同黨的車尾廂蓋上，同黨只顧逃命，不理他的死活，踩油驅車逃去，他再摔一跤，仆倒柏油路上，不能站起。

此時，警笛聲從派出所那邊傳來。

三分鐘轉眼就過，白靈仍不罷休，一把揪住另一個漢子的後衣領，把他甩往燈柱上砸，「鈞」的撞出沉重的迴響，燈柱左右顫晃。

「夠啦，警察來啦。」我扯住她。

「真痛快！很久沒打得這麼痛快！」她意猶未盡。

「氣消了，我請你去吃芒果雪花冰，再消氣。」我拉她撤退。

「我叫你不用插手，你就是不聽。」

「我沒出手呀！」

「你出鏢呢！難道你的飛鏢長了翅膀，自動飛出去打街燈、打手機？」

「是精準的自動導航，像 Top Gun 2 的地對空飛彈……」

「廢話！」

「走這邊，我的車子泊在停車場。」

「且住，我終於想起……那個長鬍鬚的胡老大是誰……」

「想起又怎樣？」

「那傢伙竟敢強出頭，帶隊伏擊我，嘿嘿，我要重重的給他一個教訓。」

「你已刺他一劍，他那條臂不中用了，還不夠嗎？」

「不夠，胡老大是賣白粉的，我知道他的老巢在哪，離開台中前一定跟他算帳，不，打鐵趁熱，今晚就行動，你先去甜點店等我，我稍後找你。」

「喂，你去哪？等一等，喂……」

4

曾經，有人在網上留言：「生活在台灣的幸福就是可以大口吃芒果，不管是做成清冰、雪花冰或牛奶冰，都是絕配啊！台中有許多在地的冰店，都是台中人或附近居民才知道的滋味……」

白靈爽約。

我獨自吃下一碗台中超霸氣的芒果雪花冰。老闆動用兩隻愛文芒製作，頂層再加一個超大的芒果雪糕球，堆塞在一個大碗公裏。老闆娘端來時，循例附上兩根精緻的木匙，一般顧客都是兩人分吃一碗，而我一人把它吃光，老闆娘以為我超愛吃，特別送我一張 VIP 卡，鼓勵我以後多來捧場。

白靈遲遲沒現身，我的芒果雪花冰已吃得碗底朝天，點滴不剩。食客在小店外面大排長龍，儘管老闆娘好人，沒請我結帳離座，我實在不好意思繼續霸佔桌椅。

我一人離開甜點店，排在隊伍最前端的一雙小情侶隨即入座，因應最新的防疫政策，他們入店前只需探熱和潔手，執行超過一年的「實聯制」已取消，營業場所或公共場域門外再沒貼上 CDC 的 QR Code，市民省卻拿手機掃瞄和上載的步驟。防疫政策的調整乃因時制宜，目前 Omicron 病毒的傳播力雖強，但毒性較弱，且新變種呈感冒化的趨勢，95% 受感染者屬於輕症或無症狀，在家隔離已經足夠，不必入院，這樣，醫療系統可集中資源去治療重症及其他病症的患者，一方面讓市民自由活動、讓社會恢復經濟活力，另一方面，不必浪費人力去追蹤確診者、密切接觸者，至於封樓、封區、封城、強檢、強隔等擾民措施，都不必執行。

人龍佔據半條行人道，我再次被迫走出車道，幸而晚上交通不繁忙，不用擔心有機車突然擦身而過，步伐變得舒泰輕盈。台灣人不抗拒排隊，只要食物好吃，排多遠，等多久都不計較，有些年輕人甚至還沒吃食物，光是排隊打卡上載照片也是一種樂趣。

今晚幸虧我來得早，那時甜點店仍有空桌，要排隊我寧願不吃。這或許是我跟台灣人不同的地方。

白靈沒來，算她沒口福，明明是約好的，她在台中住了好一段日子，不應去錯地方，她說要去胡老大的老巢算帳，老巢當然是人強馬壯，她隻身犯險會不會出事？以她的實力，我的擔心其實多餘，或者她借故遁去，不想跟我「聚舊」。

拐過街角，不禁一怔，驚見四、五個街口之後火光熊熊，什麼地方發生火警？

反正不急着返回住處，信步隨熱心的街坊過去瞧瞧。消防車剛到場，大里消防局距離這裏不遠，相信火警在不久前發生。走近，起火的是一幢三層樓宇的頂層僭建部分，火勢似乎一發不可收拾，火舌從門窗不住爬出，火花竄升至空中如細雨飛舞。僭建在台灣甚為普遍，這幢的僭建卻誇張的放肆，屋主不僅在第四層的天台搭建一間磚屋，更在磚屋上多加兩層由貨櫃改裝的房子，窗、門、樓梯、陽台、簷篷等一應俱全，看起來頗也舒適，可是，台灣常有地震，這類自把自為的僭建物遇到強震隨時塌下，是一種潛在的都市危機，現在不待地震，一場火災，至少解除了其中一個危機。

「讓開⋯⋯讓開⋯⋯」一個扛着水管的消防員從街喉那邊跑來。

我急急退到一旁，讓出通道。前面的大叔走避不及，被強壯的消防員撞着肩膀，差點把他撞倒在地，我急忙扶住他。大叔倒明白事理，知道消防員趕忙救火，自己閒逛看熱鬧，不應擋住消防員的去路，並沒責怪對方之意。

前面的街道已給警察封鎖，大里派出所與消防局一街之隔，警察來得也快。圍觀的街坊站在封鎖線前面，人人目瞪口呆地半張嘴巴，每雙瞳孔都反映着赤火紅焰。

喉管接駁完成，開始灌救，一根根漲卜卜的消防水管在街上匍匐蠕動。水管的一端連接消防車，另一端被拖上陡峭的石階、深入巷弄，跟消防車連接的金屬接頭不斷「喀喀」作響，水滴不斷從接頭滲出。由於巷弄狹窄，容不下消防車進入，消防員只能在巷口射水，奈何火場的火勢太猛，天台以上的僭建物燒得七零八落，看來保不住了。

「不知有沒有人給燒傷？」差點被消防員撞倒的大叔也來到封鎖線前面。

「燒傷的一定沒有。」旁邊的阿姨答腔。

「你這麼肯定？」大叔奇怪，我也奇怪，聽見的人都覺奇怪，一起瞧着阿姨，心裏問相同的問題。

「晚上，有個戴面具的人拿着雨傘打進去，把裏面的人統統趕出來，那房子之後才起火。我親眼所見。」阿姨雖然壓低嗓子，但想聽的人都清楚聽到。

「那是縱火耶，你怎不告訴警察？」大叔問。

「我才不多管閒事，而且那房子常有不三不四的人進出，不是什麼好地方，一把火燒了倒好。」

「你別這麼大聲，小心惹禍上身……」另一個瘦子扯一下阿姨的衣袖。

「好端端的，惹什麼禍？」大叔好奇。

「聽說，那房子是胡老大的，下三層住人，上三層存貨，現在被火燒了，胡老大損失慘重，你在背後讚好，小心他遷怒於你。」瘦子小聲地說，站得較遠的人豎直耳朵也聽不見。

「我才不怕，他自身難保啦，今晚那幫人不知遇上什麼剋星，被人打得鮮血淋漓的逃回來，回來不久，戴面具的人又殺到，接着房子起火……」

火場發出「劈啪」巨響，大家都停止交談，定睛向上望。

僭建物的屋頂崩塌，釋出一股濃密的黑煙，夾着長長的火舌衝向幽暗的夜空。

英倫追蹤

再往英國尋找線索，於利物浦港口遇上槍殺，徒手轉戰都柏林酒吧，有關涉事人士竟一一被殺！

1

傍晚，下了一場滂沱驟雨，氣勢超大，下的時候，天昏地暗，烏雲低壓，大顆大顆的雨點從雲底傾瀉而下，夾着虎虎橫風猛力沖擊機場客運大樓的玻璃窗，似要一股作氣的把玻璃擊破。縱然身處室內，外面的風雨飄搖教人心生畏懼，縱然明知強化玻璃可抵禦狂風暴雨，人們都不期然從被雨水敲得「錚錚」作響的窗邊緩緩後退。

雨來得快，收也快。不消十分鐘，雨歇風輕。雨水是大自然最佳的清潔劑，一場大雨把天上的烏雲、地上的塵埃沖刷一新，天地一片澄明。

我一直坐在窗邊的長椅上，下雨時沒離座，下雨後也沒其他地方想去，我固然不擔心風雨破窗而入，實際上是懶得走動。以往進入機場禁區，趁着登機前的空檔總會到處逛逛，不是看看新產品，就是喝杯咖啡，現在禁區內的店舖十室九關，一片蕭條，新產品只能在店外的廣告燈箱看到，燈箱五光十色，店內烏燈黑火，一向生意興隆的免稅店，雖仍營業，但顧客寥落，員工沒精打采，咖啡店、餐廳、小酒吧也停業，想喝東西嗎？除了光顧提不起興趣的自動販賣機，別無選擇。

旅客大幅減少，店舖休業，機場管理局趁機大事修葺翻新，這邊更換天花，那邊重鋪地板，樓下修理電燈，樓上填塞滲漏。需要修葺的地方不是圈上膠帶，就是擺置鐵欄，整個機場禁區五步一圍、十步一封，舊的拆除，新的還沒補上，圍封區內破爛處處，建築器材、維修物料隨地擺放，感覺上不僅蕭條，還有破落，無甚可觀，無甚可逛。

玻璃窗外，停放着大大小小的航機，一架架舷窗墨黑、木然不動，環顧偌大的停機坪，只得一架亮着燈、正開動的航機，正慢慢駛向空蕩蕩的跑道，以往大批航機在跑道開端排隊等候升空、空中的航機一架接一架降落的繁忙景象，不復見到。

航班銳減因為旅客銳減，旅客銳減因為防疫措施雷厲風行，入境者要入住隔離酒店十四天，期間接受多次 PCR 核酸檢測，一發現陽性報告，那人便要從酒店轉送政府的隔離中心，直至檢測結果回復陰性才重獲自由。

至於抵港航班，若在乘客中發現超過若干比例的確診者，「熔斷機制」立即啟動，該航班禁止來港十四天，牽一髮而動全身，像骨牌傾倒一般造成連串的行程大混亂，預購機票、預訂防疫酒店的旅客因突然的「禁飛」而要更改機票和訂房，由於航班和客房供應極為有限，不是想改就可改，改不了，已付的錢不獲退還。因此，旅客乾脆打消來港，航空公司乾脆取消航班，或以不載客的空機來港，回程時才「滿載而歸」，就像我今晚所乘搭的英航班機，供應量小，需求量大，票價雖較疫症大流行前飆升兩倍、三倍，依然全機爆滿，航空公司先虧後賺，一來一回依然有利可圖。

因應防疫安排，辦理登機手續變得複雜，我遵照航空公司的建議提早出門，到達機場後，還是排在櫃台前長長的人龍之中等了又等，等了又等，人多需時，沒辦法，大部分同機的乘客是一家大小的「5+1」旅客，行李又多又重，加上依依不捨的送行親友，熱熱鬧鬧的擠在櫃台附近拍照、擁抱、啜泣，離愁別緒的傷感與開拓新生的希冀，混搭成此時此地的香港情懷。

然而，水洩不通的僅限於個別的航空公司，大部分沒航班離港的櫃台落閘熄燈，冷冷清清。

長期是國際航空交通樞紐的香港國際機場，眼下門庭冷落，儘管是疫症期間的暫時情況（這個暫時已持續兩年），亦不免教人唏噓，心裏有個問號，昔日光輝會不會一去不復返？

窗外，一水之隔的東涌新市鎮，廣廈林立，燈光燦爛。燈光在雨後特別明亮耀目。「東方之珠」的這塊金漆招牌一向靠香港多元混雜的萬家燈火撐住，七百五十萬人，走了一部分，還有每天一百五十人的補充，應該撐得住吧？

夜景不會因少了一些燈光而黯然失色，城市不會因少了一些人口而失去活力與平衡。

不會的。

不會吧？

航空公司職員透過廣播通知旅客登機，我身後的登機橋前，人龍隨即出現。我仍舊坐着不動，人家拖男帶女、大包小包，我隻身上路，也沒隨身行李，反正都是等，等他們先安頓好，我才上機也不遲。有幾個年輕人同樣遲遲不願登機，拿着手機用盡最後一分一秒拍照留念，有一個還作告別香港的 KOL 式直播，直至職員發出最後通知，大家才跑進登機橋。

機上，其他乘客都已坐定，我與那幾個年輕人很快找到自己的座位，收起手機，扣上安全帶。空姐關門，機師把飛機順利開上跑道，加速向前衝，重心靠後，腳底一輕，飛機衝上雲霄。靠近舷窗的乘客貪婪地多看幾眼離港前的最後燈光，身前身後有人發出如釋重負的歎喟，也有人情不自禁地鼓掌，最初掌聲輕細疏落，很快有人和應，拍掌的人愈來愈多。

身旁坐着一個男孩，十歲左右，也跟隨眾人拍掌。全機滿座，地勤職員在編排座位時未能把他與家人編在一起，他的父母陪伴更年幼的弟妹坐在通道的另一邊。他見我沒動手，便問：「你不拍掌？」

「我大概幾日後回來。」我自知問非所答。

「你不是移民英國的？」他像發現假扮地球人的外星人。

「我去倫敦……辦點事……」

「我們去移民，爸爸是教師，媽媽是護士，都預先考到當地的專業執照，到埗後可以找工作。」他一本正經地說。

「不錯呀。」

「我和弟妹繼續讀書，我讀小五，弟弟小二，妹妹小一，不過我們在香港讀普通的津貼小學，都是中文授課的……」

「擔心？」

「我的英文不好。」他點頭。

「告訴你，我年輕時在外國讀大學，留學前在香港考到足夠的托福分數，以為英語能力大概沒問題，第一天上課，像在香港唸書時一樣坐定定、打開筆記簿，誰知，當老師一開口，就暗叫糟糕，結果一節課過去，我一個字也沒抄下，根本追不上老師和同學説話的速度，當然，他們並沒遷就我。」

「那，你可以畢業嗎？」

「可以，還是個拿 outstanding 的畢業生。」我想起也覺自豪，「第一年的下學期，我已可在課堂上作 presentation，揮灑自如。」

「你怎做到的？」

「四個字，加倍努力。」我摸摸他的頭，「你讀小學，功課不忙，多交幾個鬼仔鬼妹朋友，享受校園生活，適應沒問題，當然需要一點時間。」

「真的？」他半信半疑，不知是懷疑自己的適應能力，還是懷疑我的outstanding畢業是騙他。

空姐開始派送晚餐。

「小傑，乖乖吃飯，不要攪擾叔叔。」小孩的媽媽過來照應一下兒子。

「沒關係，不攪擾。」我禮貌地回應，「我們交流上學經驗。」

媽媽微微一笑，沒再答話，低頭為小孩掀開餐盒蓋子，撕開膠刀膠叉的封套，替他在胸前鋪上餐巾。小孩乖乖吃飯，飯後戴上耳機看卡通片，沒再「攪擾」我。我也戴上耳機，隨意播點輕音樂，閉上眼，慢慢梳理跟白靈在台中的最後對話。

2

胡老大的老巢發生火災當晚的稍後時間，白靈跟我在台中火車站樓下一間咖啡店內碰面，她挽着行李，跟我談完便離開台中，我沒問她去哪裏，只直接問她二〇一九年在英國有沒有殺死 MI6 的臥底特工莫里斯，她肯定地回覆「沒有」。我相信她，她一向我行我素，敢作敢認，殺一個 MI6 特工，對她來說沒什麼大不了，無需隱瞞。之後我們談到莫里斯被殺，當晚她幹了什麼，她如實回答，根據時間線，她大概在晚飯時間盯上財叔，地點是倫敦的唐人街——

財叔從一家中菜館出來，跟同行的朋友道別。各人都飲飽食醉，有兩、三個更是步履不穩。他們的道別方式挺熱情，握手後來個熊抱，熊抱後又再握手。幾個老傢伙像生離死別一般難捨難離。白靈看在眼裏，笑在心裏，不經意地勾起嘴角，露出一絲冷笑。她站在對街二樓平台，目光一直沒從財叔身上移開。

老傢伙們取車的取車，攔車的攔車，開始陸續散去。財叔意猶未盡，拉住一個走得最慢的「老友記」要去續攤，不住作出舉杯暢飲的手勢，「老友記」頭手兩搖，不住的看錶，似要趕往別處。財叔見對方去意堅決，也不勉強。再次握手告別後，他看一陣左，看一陣右，最後拿定主意，轉身走進陰暗寂靜的後巷，後巷是條捷徑，另一端通往酒吧和夜店林立的紅燈區，果然是識途老馬。

跟蹤了一晚，財叔終於落單，又走進無人後巷，白靈見機不可失，馬上離開二樓平台，沿樓梯跑下大街，從車流之間越過馬路，追進後巷時，卻不見財叔的人影。

一個半醉的老傢伙，腳步怎會這麼迅速？白靈奇怪。

「咳……乞——吐——」有人在幾個疊起的爛木箱後面咳嗽吐痰。

白靈悄悄繞過去瞧清楚，果然是財叔，他以爛木箱作掩護，不僅吐痰，還解開褲鍊小便。白靈抽出匕首，從後用刀尖抵住財叔的背脊，刀尖鋭利，稍為用力便刺破衣衫，穿入皮肉，痛得財叔登時打個冷顫，酒也醒了。

「不要作聲。」

「嗚……」財叔忍住痛，忍不住低聲問：「小姐，幹什麼？你認錯人吧？」

「沒認錯，你是財叔，剛從香港來的。」白靈速戰速決，「別囉嗦，穿好褲子，走。」

財叔是個老江湖，感覺身後女子的刀法老練、拿捏準確，要取他的老命易如反掌，不敢不從命，草草穿好尿濕的褲子，順着她的意思向前走。

「小姐，你想要錢？多少？儘管說吧。」

「你再不把狗嘴閉上，我一刀刺透你的心臟。」白靈手上再使勁。

財叔的背脊開始滲血，他明白這女子說得出做得到，殺人不眨眼，唯有聽命，閉上嘴巴。

兩人穿出後巷，走在流鶯充斥的酒吧街上。

「向前走，雙眼直望。」白靈拉長衣袖裹住匕首，身子貼着財叔，旁人看起來，只會想到年輕的流鶯找到年長的恩客，扶着他去風流快活。財叔有苦自己知，女子若然發難把他當街刺斃，旁人多半以為他醉酒或中風，就此不明不白的橫屍街頭。

走過一段大街，白靈脅迫財叔轉入兩幢樓宇之間的一塊荒置空地，空地上泊着一些舊車。白靈把財叔帶到一輛舊款的碳灰色BMW客貨車旁邊，拉開後座車門，熟練地拿手銬將他反銬，還套上腳鐐。動彈不得的財叔這才有機會正面看清楚白靈的容貌，覺得她有點面善，卻似從沒見過，急忙嚷道：「慢着，小姐，慢着，我跟你素不相識，又無過節……」

「我叫白靈，先父白勝。」白靈的呼吸變得急促。

「白……勝……」財叔如夢初醒，定睛看着白靈，「當年我是奉命行事，背後受人指示，你放過我，我告訴你那人是誰，你去找真正的仇人報仇。」

「我知道那人是誰，我先殺你，再回香港殺他。」

「呀！求你手下留情……」財叔極力解釋，可是嘴巴被封、眼睛被蒙。白靈懶得聽，一腳把他踢進車廂內，「嘭」的關上車門。

「嗚……」財叔躺在車內，自知大禍臨頭，卻沒法脫困，有口難言，又急又驚。

白靈跳上駕駛座，發動引擎，換檔踩油，把客貨車駛離空地，駛離唐人街，駛離倫敦市，開上A4高速公路，按照原定計劃，後接A316高速公路，最後切入Twichenham公路。她的目的地是Isleworth。

小鎮外圍的泰晤士河邊，那處有一段馬蹄形的河道，地方偏僻，晚上人跡罕至，她打算在河邊幹掉財叔，棄屍河上。

當她說到這裏，我打岔問，為什麼？

要殺財叔，大可就在泊車的空地上動手，一刀了結，為什麼要長途跋涉跑去

Isleworth，大費周章？

平日快人快語的白靈，反應變得猶豫，她想了想，仍找不到合適的理由或詞彙，她嘗試回答說想特別一些，為父報仇，跟尋常殺人不同，要像儀式一般，以示隆重其事。

如何殺死財叔不是重點，我不再追問，讓白靈繼續說下去。

白靈開上A4高速公路，時速為七十英哩，車身有點晃動，她加速到八十五英哩，晃動消失。我插口說，難怪英國的司機不斷要求交通部門放寬限速。她說，即使開到九十英哩，也沒警察把她攔下，尤其在夜半車少的時分。當然為免節外生枝，她把車速維持在八十至八十五英哩之間，半小時後抵達Isleworth小鎮。

躺在後座車廂的財叔，初時仍然苦苦掙扎，「依依嗚嗚」的隔着牛皮膠紙向白靈乞求，沒多久，平靜下來，他可能明白掙扎沒用，也可能悶昏了。即使他死掉，白靈亦無動於衷，她只關心順利完事，返回香港如何捉拿那在幕後主使的殺父大仇人。

無驚無險的，客貨車跑完 A4 和 A316 的路段，離開高速公路，進入 Twichenham 公路。大凡從高速公路進入普通公路時，司機多有一個通病，短時間內未能適應由快而慢的速度變化，白靈亦一樣，開到道路收窄的小鎮，仍不願減速，開到十字路口遇上紅燈，亦懶得停車。白靈雖已收油，但看見左右橫路根本沒車，半夜三更衝燈又何妨？於是爽快地開過仍亮着紅燈的十字路口。

可是，不到十秒鐘，車外後視鏡裏出現警車的旋轉警示燈。

怎會有架警車突然出現？它剛才躲在哪裏？白靈賭氣地拍打方向盤，責怪自己太大意，現在後悔已遲，唯有合作減速，靠邊停定，看看如何拆解，小鎮警察相信不難應付。

警車停在客貨車後方，車上只得一名警察。

不知什麼原因，那警察沒即刻下車。他好整以暇的戴上警帽，拉直制服，亮起手電筒，慢慢從後方走近客貨車。

「識趣就別弄出聲音。」白靈回頭警告後座車廂的財叔，「不合作，我即時斃了你。」

那警察是個胖子，在凸面後視鏡的反照裏，他的肥胖身形更顯得臃腫，像一個嚇人的龐然巨物，還煞有介事地把手放在槍袋上，作出戒備姿態，預示隨時拔槍。

白靈取出匕首放在衣袖裏。

當胖警察的身影完全佔滿後視鏡時，他已抵達客貨車的駕駛座門外，用指頭敲了敲車窗。

「咯——咯——」

白靈放下車窗。

胖警察舉起電筒照射駕駛座。白靈不勝光線擾眼，抬手遮擋額前。胖警察大概覺得白靈弱質女流，沒甚危險，他的手離開槍袋，改為靠着車門，俯身把臉湊近，仍維持一派高姿態，以公事公辦的口吻説道：「女士，請關掉引擎。」

白靈合作熄火。

「知道為什麼指示你停車嗎？」胖警察似給白靈機會，等候她開口求情，或會放她一馬。

「長官，挪開一下電筒，可以嗎？」白靈非但不求情，還擺出一張愛理不理的臭臉。

「你聽見沒有？我問，知道為什麼指示你停車？」胖警察忍住火氣不發作。

「衝紅燈吧。」白靈舉起一根指頭，稍為推開胖警察手上的電筒，光線沒直射眼睛後，她仰起頭，撥了撥頭髮，瞧着他，心裏想：「不該衝也衝了，已不能挽回，你奈得我何麼？」

「給我你的駕駛執照，請。」胖警察張開皮粗肉厚的手掌。

白靈聳聳肩，鬆脫安全帶，側身從衣褲袋裏取出錢包，打開，卻沒抽出任何證件，只用指頭勾起幾張大額鈔票，不爽地說：「我不打算申辯，直接繳交罰款，多少？開價吧。」

「嗄？」胖警察有點手足無措。

「聽着，我是旅客，明天一早就離開英國，想交罰款也沒辦法，現在我跟警方合作，負上違反交通規則的責任，即場給你罰款，怎樣？衝紅燈不是要逮捕吧？別浪費你我的時間，也別浪費你上司的時間。」

「好，你想收告票，沒問題。」胖警察取出告票簿。

「蓬……」

客貨車後座傳出物件碰撞的怪聲，財叔在蹬踢車門，希望引起警察的注意。

「啥？」胖警察再舉起電筒，探頭向沒車窗的後座照射，可是，駕駛座與後座之間掛着一面布簾，他看不見後座的狀況。

白靈轉身朝後座罵道：「不要動，不要吵，你不聽話，我打死你。」藉身體遮擋，暗暗向後擲出匕首，給財叔吃點皮肉之苦，教他不敢放肆，再回頭改以無奈的口吻，向胖警察訴苦：「那是我的狗，一頭五歲的金毛尋回犬，野性難馴，經常使我尷尬。」

「原來如此。其實，飼養寵物，要有愛心和耐性，打和罵是沒作用的。養狗我最有心得，我家養了三頭……咦？等一等……你是外地旅客，身邊帶着一頭狗，出入怎會方便？」

眼看即將露出馬腳，白靈當機立斷，發動引擎，重重踏下油門。在輪胎急速擦地聲中，客貨車在胖警察眼前呼嘯而去，颳起一陣急風亂流，把他的警帽捲甩。

白靈瞄一眼後視鏡，只見胖警察忙着拾回手槍，拾回警帽，跑回警車，才鳴響警笛，從後驅車追來。

Twickenham 公路又長又直，不管白靈的駕駛技術如何了得、胖警察如何笨拙，客貨車實在難以擺脫警車，胖警察必定召喚支援，時間一久，其他警車開到加入包抄追截，更難脫身。

白靈記得附近有個佔地廣闊的住宅區，由一條馬蹄形的「主幹」貫通整個區域，沿路直走至盡頭，再開一大段弧形彎道可重回公路。「主幹」兩旁，樓高兩層的低矮房舍恍如星羅棋佈，數不清的細小車路串連各家各戶，加上疏密參差的樹木、高低橫直的攀籐籬笆，藉着黑夜，白靈不難找到一處隱蔽點躲起來，避過胖警察。於是白靈急急轉入開往住宅區的支路，警車的閃燈立即消失在後視鏡之中，憑着警笛聲判斷，兩車之間的「盲區」至少有十秒距離，進入多彎的小路後，白靈的時間就更多。

白靈左右掃視，房子與房子之間的車道都容得下客貨車，奈何掩蔽不足，很易讓隨後而來的胖警察發現。突然左側的一株橡樹進入她的視野，樹冠茂密，樹蔭寬闊，她立即煞停，倒車，九十度角車尾先行的拐彎倒入屋間的狹小車道，停在那株橡樹的蔭下，熄滅車燈，關掉引擎，安靜地等待。

財叔出奇地合作，一動不動，一聲不哼。

大約十秒後，警車在客貨車的擋風玻璃前直駛而過，胖警察沒察覺白靈的客貨車就停在左側小路的陰暗處。白靈多等十秒，警車非但沒駛回來，更聽見警笛聲在遠處響起，響聲更愈來愈細，不知胖警察追趕什麼，白靈不管他了，啟動引擎，沒亮車燈慢慢離開小路。

迎面駛來一輛銀色的 Volvo 房車，開車的估計是附近居民，白靈沒理會 Volvo，循原路駛離住宅區。

後來，白靈毫無滯礙的到達馬蹄形河道的一處內灣的淺灘，停車後才發覺財叔已經氣絕，匕首恰巧插中他的心臟，反正都是殺掉他，早一點亦無妨。她脫光財叔的衣服，把屍首扔進河裏後，把客貨車開到附近的停車場，把車棄在那裏，改騎收在客貨車後座的摩托車，返回 Motel 休息。

等一等，我打岔她，問當時在那停車場裏有沒有其他汽車停泊？

有一輛 Audi，車牌沒留意，她答。

我記下，請她繼續。

她回到 Motel 倒頭便睡，一覺醒來，扭開電視機，剛播出突發新聞，她以為警方發現浮屍，卻是河邊停車場內有客貨車被焚，從電視畫面所見，被焚的竟是她的客貨車，好奇之下，她駕摩托車回去看看，結果遇上昨晚的胖警察，又展現一場飛車追逐，過程與小鎮警方的報告差不多。

我的結論是，白靈跟莫里斯被殺毫無關係。

MI6 的李森美一定不同意。

為人為到底，我既已牽涉其中，不妨親往英國走一趟，實地證明白靈沒殺莫里斯，甚至找出真兇，還白靈清白。

3

航機順利在倫敦希斯路機場着陸，步出機艙，進入機場客運大樓，置身人湖之中，感覺恍如隔世，進入一個平行時空，這裏沒口罩、沒潔手液、沒體溫檢測、沒「安心出行」，起初不習慣，摸過門把、觸過欄杆、按過電梯的樓層鍵，總慣性地找消毒酒精擦手，發現三丈外有人咳嗽，馬上神經質地把臉別開，擔心病毒隨飛沫傳來，直至走出客運大樓，迎來豔麗的清晨陽光，發現人人在陽光下「口沒遮攔」地張口說話、自由自在地鼓鼻呼吸，我才慢慢放鬆，扔掉「異相」的口罩，融入人羣，嘗試與病毒共存。

在候車處，李森美開車來接我。登上他的車，彼此沒寒暄，沒問候，直截了當地請他送我去莫里斯當日的安全屋，亦即白靈和莫里斯第一個有機會接觸的位置。登機前，我告訴李森美我的調查結論，他當然不認同，與其各持己見的爭論不休，行動最實際，倒不如實地印證白靈的說法，她不知道莫里斯，誤打誤撞的躲到 MI6 的安全屋旁邊，從沒企圖妨礙 MI6 的臥底交易。

立場不同，既然取得共識，我與李森美無需戴上假面具惺惺作態，全程我們沒交談，他專心駕駛，我安心睡覺，在航班上，睡得不好，好像熄燈閉眼不久，空姐不是前來派餐，就是派飲品和小吃。同樣地，好像合上眼不久，李森美拍醒我，說到埗了。

這麼快？

張開眼，車子停在一間兩層高的房子前面，房子看起來相當陳舊，外牆油漆多處剝落，陽台和門廊上的盆栽凋謝，草坪久沒修剪。

「就是這間安全屋。」李森美甩甩下巴。

下車後，我站在草坪邊緣，四下打量，對比白靈的陳述和安全屋的錄影片段，然後跟李森美說：「請你進屋把客廳的窗簾全部放下。」

李森美聳聳肩，掏出門匙，直接踩上草坪，朝大門走去。

我逕自走向安全屋與鄰居之間的小車道，目標是那株栽在屋旁的橡樹。看得出這家人悉心打理房子，四周栽種很多植物，最突出的是門前花圃內的花團錦簇，兩隻漂亮的粉蝶在三色堇、紫蘿蘭、鬱金香、紅玫瑰之間輕快地飛舞，鮮花隨風搖曳，每搖一下，就散發出沁人的花香，沒有口罩阻隔，我大口呼吸清新的空氣，也享受花香撲鼻。除了鮮花，他們的草坪修剪得無懈可擊，齊整、綿軟、綠油油一片，真有個衝動，除鞋脫襪光着腳踩上去，我當然不會如此失禮，幻想一下就算了。

安全屋內，李森美已放下窗簾，我走在車道上，一直來到橡樹下，受窗簾遮擋，我始終瞧不清楚屋內的狀況，裏面有什麼人？放了什麼家具？全然看不見。當晚，白靈一心注視在屋前駛過的警車，沒在意莫里斯躲在窗簾後面偷看她，兩人的「交集」僅是一個偷看、一個被看，跟殺人越貨完全扯不上邊。

「早晨，你好。」一個講廣東話的伯伯從屋後轉出來，他戴着沾了點泥污的手套，拿着花鋤和花鏟，親切地問：「香港人嗎？」

「你好，對，我剛從香港過來。」

「那洋人地產經紀帶你來看屋？」

「嗯。」我不作否認。

「你別相信他。這間屋不好，丟空好一段日子，之前住的人看起來不正派，不知在屋裏作什麼勾當？你不如考慮大路口那間，也放售，比這間新淨得多，屋主是正當人家。你想買，要早作決定，遲些可能漲價。」

「好呀，待會我過去瞧瞧。這裏的生活好嗎？」

「好得很，最適合我們這種小康之家生活，我的兒子和媳婦都在倫敦市上班，自己開車，通勤時間不超過半小時，孫仔孫女在附近讀書，以前供小孩留學英國，花費極大，單就學費和食宿費，每人每年至少十幾萬，現在受惠於5+1政策，繳交本地學費就可以，年中省下不少錢，小孩又與家人同住，方便照顧和管教。」

「對，英國物價貴，可省則省。」

「錯了，你初來甫到，不明白這裏的生活情況。我告訴你，你若日日上餐館吃飯，用名牌，買奢侈品，當然是貴啦！從這裏到 Isleworth 小鎮中心，幾分鐘車程，大大間超級市場就在路邊，貨品應有盡有，又多又便宜，舉個例説，一公斤裝的牛油，折算港幣才八十幾元，一公斤，用來塗麵包三個月也塗不完呢！」

李森美從安全屋出來，走到我們跟前，禮貌地向伯伯點頭問好，再指一下安全屋，問我道：「你不進去看看？」

「不了。」我轉頭朝伯伯眨眨左眼，「我要看大路口那間。」

「啥？」李森美搔頭，他雖然聽不明白，但在外人面前不便多言。

「再見，祝你順利，如果將來我們成為鄰居，大家同聲同氣，可多來往，互相照應。」

「再見，保重。」我別過伯伯，返回李森美的車子。

「什麼大路口？」

「忘了我那句廢話吧，我們往下一站，那客貨車焚毀的停車場。」

「好吧。」李森美驅車前行，「你跟那位伯伯談什麼？」

「香港人談香港事，你永遠不會明白。」

「對，忘記是誰說的，香港是一部難讀的書。」說罷，他不再開口，直至抵達停車場。

這停車場在Twichenham公路旁邊，支路前豎立清晰的P字牌，指示駕車者靠左切線離開公路，拐一段四十五度的彎道，便進入停車場。場內只停了四輛車子，空位多的是，李森美隨意亂泊，車子橫跨兩個車位停定。停車場闢有步道通往泰晤士河邊。一個胖子坐在河堤樹下，拿着魚桿打盹，任由魚絲隨水流飄浮。

另一個大鬍子在樹蔭下築起畫架，提着水彩畫筆，把對岸的垂絲楊柳、柳絲下的流水潺潺繪在畫紙上。另一個子矮小的女人在河邊的步道上溜狗，那是一頭碩大的聖伯納犬，牠滿有好奇心，左嗅嗅，右瞄瞄，拖着女主人鑽來鑽去，看似角色互換，溜人多於溜狗。假設這三人都是開車過來，停車場裏第四輛車子的主人不知跑到哪裏去了？

大白天已這麼冷清，晚上誰會開車過來？

我取出焚車當日警方拍攝的現場照片，走到客貨車所在的位置，對照實際地景，當時莫里斯的壞車停在出入口附近。

「案件發生已這麼久，現場沒什麼東西留下。」李森美在旁大潑冷水，諷刺我白跑一趟。

「第三部 Audi 在哪個位置？」我不管他的冷言冷語，直接提問。

「什麼第三部 Audi ？」他愕然。

「當白靈棄掉客貨車時，停車場裏另泊了一部Audi。當莫里斯打算偷車時，除了白靈的客貨車，還有另一個選擇，因谷巴老爹迷信才選了客貨車，那另一部車相信就是白靈所說的Audi。」

「沒紀錄。」李森美尷尬地搖頭，「警方沒紀錄，相信在客貨車被焚前，車主把Audi開走。」

「看，這停車場的位置偏遠不便，半夜三更，誰會把車泊進來，徒步離開，然後徒步回來取車？你不覺可疑嗎？」

「或者，車主把車停在這兒，到河邊釣魚……散步……」大概李森美想起「半夜三更」，自覺推論不符合本地居民的作息習慣，愈說愈細聲，沒信心說下去。

「白靈棄車後，改騎收在客貨車內的摩托車離開，合情合理。Audi的車尾廂只容得下摺合式單車，誰會開來，駕單車走？」

「不知道……」李森美抬頭張望，「可以翻看……」又一次說不下去，因為停車場沒裝設 CCTV。

「另外，關於莫里斯的壞車……」我從 file 裏抽出驗車報告，「檢驗結果是左後方輪胎破損。剛才，沿路過來，我一直留意道路狀況，路面相當完整，沒碎石路段，何解輪胎遭尖石刺破？驗車報告指出輪胎破口整齊，不排除被利刀刺破。」

「你的意思是……」

「我沒特別的意思，只是根據事實，舉出疑點，讓大家思考，暫時沒結論，也沒針對任何人。」

他無言以對，我亦沒步步進逼，讓他為自己的疏漏而自責，思量如何補救。

我們暫停對話，繼續前往下一個「場地」視察，即莫里斯與陳積交易的停車場。

兩相比較，這停車場的面積更細，離開 Twichenham 公路有一段距離，更覺偏僻，周圍雜樹蔓生，四野無人。案發後，陳積的 Ford 休旅車被拖到警方的車輛扣留中心，過了這麼的一段長時間，殘留現場的「兇案」痕跡早已點滴不存，的確沒什麼新的線索讓我找到，看來真的白跑一趟，我仍站在 Ford 休旅車的原來位置，想了一會，提出疑問：「陳積賣給莫里斯的毒品是哪一種？」

「呃……」李森美再次答不上口，「不知道……我們當時的重點是陳積而不是毒品，莫里斯沒說，我也沒問。」

殺人越貨後，兇手下一步該是變賣毒品，賺取更多利潤。追蹤毒品的流向，便會找到兇手，道理非常顯淺。李森美的大意和疏忽，竟到這種低級程度，真教我錯愕不已。畢竟，他是主，我是客，我倒要給他留幾分顏面，話不能說得太盡，於是改換話題：「可以總結了，沒證據證明白靈曾在這停車場出現，她並不知道莫里斯和毒品交易，沒動機殺人越貨。所以，我的責任已完，功成身退，沒必要留在 Isleworth 小鎮。」

「不過，也沒證據證明白靈不曾在此出現。」李森美極力尋找下台階，「莫里斯倫車時，聽見摩托車駛過的聲音，根據白靈的說法，駕摩托車的人應該是她，她或許看見莫里斯倫用她的客貨車，便跟蹤他們來到這停車場，撞破交易，發現鉅款和毒品，見獵心喜，觸動殺機。」

強辭奪理之極。

第一，那些錢財和毒品，白靈並不稀罕。第二，在黑夜郊區的無人公路，駕摩托車跟蹤客貨車而不被發覺，簡直是mission impossible，何況莫里斯是資深特工，谷巴老爹是老江湖，怎會任由來路不明的摩托車跟蹤？事實勝於雄辯，我懶得多費唇舌，仍保持禮貌地說：「你慢慢找證據證實你的推論吧。我在Isleworth小鎮已沒事可幹，告辭了。」

「你去哪？我送你一程。」

「太遠了，你送我到火車站吧。」

「火車站？」

「我要去利物浦。」看見他那副想問又不好意思問的尷尬相，我繼續說：「我去看這星期利物浦主場惡鬥曼聯。我是曼聯球迷，一場來到英國，當然要為球隊打氣，今季他們換了教練，加入新球員，我期待他們一洗上季的頹風，重振紅魔聲威！」

「啊！」他訝然失笑，「我是倫敦球迷呢！祖孫三代都是阿仙奴擁躉。」

「我們是死敵了。」

「僅在球場上。」他拍拍我的肩頭，「這樣吧，下星期阿仙奴作客曼聯，如果你仍在英國，我帶你去中立酒吧，一邊喝啤酒，一邊看球賽，熱鬧一番。」

「好，一言為定。」

4

從物流公司簡陋的辦公室望出窗外，碼頭上高聳的吊臂羣連同巨型的支架一字排開，非常壯觀。吊臂下方，貨櫃箱像小孩玩積木一般整齊疊起，有紅的，有藍的，也有黃的。無獨有偶，在利物浦，紅藍黃三色具有重要的象徵意義，就以機場為例，外地旅客還沒下機，便看見機場大樓外牆 Liverpool John Lennon Airport 四個大字，其中 Liverpool 和 Airport 是紅的，John Lennon 是藍的，而紅是利物浦足球隊的球衣顏色，藍是愛華頓足球隊的球衣顏色，當旅客下機後走出機場大樓，第一個景觀是巨型的黃色潛艇擺設，設計構思來自 Beatles 名曲 Yellow Submarine。或者，可以這樣說：

足球＋Beatles＋貨運碼頭＝利物浦

窗外，一台台的吊臂同時運作，鋼索勾着一個又一個的貨櫃箱平穩上升，擋住陽光，在港口古老倉庫的紅磚牆上，打上一個又一個的陰影。

利物浦港的首個碼頭建於一七一五年，在十九世紀，這裏曾是世界上最先進的製造中心、最繁忙的航運中心，也是英國海權時代的遠洋航線樞紐港口，一度發展成為僅次於倫敦的英國第二大城。到了第二次世界大戰，利物浦累遭德軍空襲，建築物近半損毀，戰後傳統工業和舊式碼頭急速沒落，人口隨之銳減，過去的輝煌一去不復返。今天，就市容外觀而言，既沒劍橋、牛津等大學城市的歌德式華麗，亦沒倫敦、曼城的玻璃幕牆的現代感，利物浦的傳統紅磚建築，儼然一座座文化遺產，走進利物浦的舊區，感覺像時光倒流一、二百年。儘管如此，在River Mersey兩岸，利物浦港口擁有四百八十五公頃的碼頭，每年處理超過三千萬噸的貨物，貨運的吞吐量龐大，在英國航運業界仍舉足輕重。

航運業的持續發展需要源源不絕的人材，利物浦大學的海事工程學系歷史悠久，世界排名三十七，為航運業不斷培育新血。香港前特首、全國政協副主席董建華一九六〇年畢業於利物浦大學船塢工程系，獲海事工程學士，後來繼承家族的航運業務，學以致用。

同樣是香港前特首、全國政協副主席，梁振英一家五口全是英國名牌大學的高材生。另一位香港前特首林鄭月娥的丈夫和兩名兒子都畢業於英國劍橋大學數學系，一門三傑，林鄭月娥年輕時曾到劍橋大學進修，與丈夫邂逅，她本人後來一度是劍橋大學沃爾森學院的榮譽院士，二〇二〇年退回名銜。

可見，英國高等教育與香港特首家庭之間關係微妙……

該死！我自摑一巴掌，坐着無聊，竟胡思亂想到這個地步。

這一巴掌把我從香港特首家庭帶回利物浦港口的物流公司。

我不是告訴李森美來利物浦看英超球賽的嗎，幹什麼跑來港口碼頭？

我當然是騙他。他在莫里斯的案件裏，一再犯上低級錯誤，我不敢相信他，寧願辛苦一點，自行調查。

這間物流公司的老闆叫瘋狗李察，表面上經營貨運物流，實際上他是個走私客。我請駐馬來西亞的同事幫忙調查陳積的背景，發現陳積是瘋狗李察的老主僱，陳積運貨到歐洲，總找瘋狗李察負責。要知道二〇一九年陳積偷運什麼毒品進入英國，答案會在瘋狗李察的「公司」裏找到。

剛才按響門鈴後，應門的醉貓羅拔告訴我老闆在經理室裏跟員工開會，着我等一會。結果，我坐在窗前等了很久，胡思亂想也很久，經理室的門仍沒打開，裏面亦沒動靜。

到底開什麼員工會議？

物流公司裏沒其他人，一年三百六十五日都渾身酒氣的醉貓羅拔沒理會我，他坐在自己的工作間，戴起一副全反光的太陽眼鏡，把雙腿擱在辦公桌上，偶爾喝一口啤酒，處於半醉半醒的逍遙狀態。

他這副德性，成事不足，敗事有餘，看來瘋狗李察是「公司」的主力。

狐疑之際，經理室的門打開了，一個骨瘦如柴的青年垂頭喪氣地拖着無力的腳步出來。他的眼睛四周都是新傷的瘀青創痕，下唇也被擦破流血。再看經理室的門和牆，厚而重的，防彈兼隔音，像座迷你堡壘，怪不得在外面聽不見裏面的動靜。

那青年剛走出經理室，怒氣沖沖的瘋狗李察從裏面追出來，在青年背後多蹬一腳，把他「蓬」的踢跌，咆哮道：「我告訴你，湯米，以後你若在我眼前出現，我保證一定宰了你，快給我滾蛋！」人如其名，果然瘋狗一頭。

湯米栽倒地上，掙扎爬起。

瘋狗李察瞥見我，喝問：「他是誰？在這裏幹什麼？」

醉貓羅拔除下太陽眼鏡，站起立正，誠惶誠恐地回答：「咳咳，他自稱是陳積的拍檔，咳咳，找你談生意。」

「陳積！混帳！失蹤這麼久，還欠我一筆運輸費，你是他的拍檔嘛，先替他還錢，否則，給我滾蛋……」

「啪——」

玻璃窗穿了一個洞，瘋狗李察的頭也穿了一個洞，玻璃碎四濺，鮮血也四濺。

狙擊手！

「馬上找掩護，不要暴露在窗前！」我閃到一台影印機旁邊蹲下。

呆若木雞的醉貓羅拔經我一喝，馬上伏在辦公桌底下。

湯米也爬到文件櫃後面。

看時，瘋狗李察已一命嗚呼，狙擊威脅還沒解除，我們三人都是槍靶。

「喂，羅拔！」我喊道：「在你枱面上那副全反光太陽眼鏡，給我，快！」

「是！」他伸手往枱面左摸右掃，摸到太陽眼鏡，放在地上，「刷」的推過來。

我背對窗子舉起太陽眼鏡，鏡面反照玻璃窗外，最接近物流公司的制高點是那些吊臂羣，但這時候，吊臂都正常運作，光天白日下，狙擊手沒可能伏在吊臂支架上開火而不被吊臂操作員發現。狙擊手若不在吊臂上，更遠的制高點就是港口對面的紅磚倉庫，距離約有三千米，需要動用軍事級的狙擊槍和大口徑子彈方可射中瘋狗李察，但看他頭上創口，子彈的口徑卻不相符，奇怪？

看了一會，仍找不到那狙擊手，對方亦沒發第二槍。難道瘋狗李察是唯一的狙擊目標，目標剷除，狙擊手已經撤退？抑或對方靜心等候物流公司裏其他人暴露在準星之中？然而，我剛才就坐在窗前發呆，狙擊手要殺我早就殺了，我顯然不是目標，想到這點，我仍不敢過分冒險，拉開影印機的紙匣，抓出一疊A4紙，來一記「仙女散花」，把A4紙撒向玻璃窗，藉着白紙亂散，擾亂狙擊手瞄準，快步竄過走廊，撲到醉貓羅拔身旁。瘋狗李察斃命，線索只剩下醉貓羅拔，他是「公司」的老夥計，又認識陳積，多少總知道一點交易內幕。

「呀！你……幹什麼……」

「瘋狗李察已死，希望你可以幫我的忙，這事非常重要。」

「我不知道，你別問我，咳咳……」

「我還沒問，你怎曉得不知道？分明不肯跟我合作。」我扼住他的後頸，作勢要把他推出走廊，讓狙擊手瞄準。

「不要，不要，你問吧……」

「好。」我暫時停手，「陳積在二〇一九年委托你們偷運一批毒品進入英國，那批是什麼毒品？」

「毒品？咳咳，我們做正當的貨運物流，不碰違禁品……」他說謊眼不眨。

「正當的貨運物流？瘋狗李察做正當生意就不會死於非命啦！」我再推他，「前額還是後腦？」

「呀！不要，我記起了，咳咳，我記起二〇一九年老闆的確接過陳積一宗托運，但我只幫忙安排船務、車務、倉貯等，沒碰過貨物，不知道那些是什麼東西。」

「有沒有單據、文件、紀錄可以翻查？」

「你也知道是偷運，怎可能有單據、文件、紀錄呢？」

「實際工作由誰負責？或者誰會知道偷運什麼毒品？」

「湯米可能知道……」醉貓羅拔轉頭瞧向文件櫃，剛才瘋狗李察中槍後，湯米本來躲在那兒，現在文件櫃前後空空如也，湯米不知跑往何處？

「湯米熟識水路，本來是老闆的得力助手……」醉貓羅拔說下去，「咳咳，可惜他手腳不乾淨，尤其偷運毒品，他會擅自打開貨櫃的暗格，偷取一點自用。老闆多次嚴厲警告，他仍不悔改，老闆這趟忍無可忍，出重手狠狠教訓他一頓，你也看見……咳咳……」

醉貓羅拔還沒咳完，我已伸手抄起枱面上的紙張，向上擲出，又來一次滿天紙雨落繽紛，遮擋狙擊手的視線，乘亂溜出物流公司，希望在湯米逃離港口區前把他截住。

電梯也不等了，連跑帶跳的奔下樓梯，到達樓下出入口時，意外地，湯米竟靠在門邊，探頭探腦的不住向外望。他看見我，示意我停步，然後指着門外上方，焦慮地說：「別出去，那無人機就在外面。」

「什麼無人機？」

「射死老闆的那部無人機。在樓上，你們背着窗子沒看見，而我從地上爬起時，它就懸停在窗外，對準老闆開火。」

原來是無人機，不是狙擊手，我於是也靠到門邊，再拿起醉貓羅拔的全反光太陽眼鏡，反照門外天空，陽光眩目。一架黑色的遙控四軸無人機果然懸停在外面，它在等候我嗎？還是等候湯米？誰在遙控它？

「怎麼辦？我不想死呢！」湯米面露不安的神色。

「你不想死，就把鞋帶給我。」

「啥？」

「快！」我俯身解鬆自己的鞋帶，同時爭取時間問他：「二〇一九年馬來西亞的陳積托你們偷運什麼毒品進入英國？」

「幹什麼問我？」

「別說你不知。」我指着他臉上的瘀青，「你沒偷服客人托運的毒品就不會被被瘋狗李察毒打一頓。」

「倒霉。」他把兩根鞋帶遞給我，「你救我脫險，我才告訴你。」

「一言為定。」我把兩人的四根鞋帶縛成一條較長的幼繩，再拾起酒鬼遺在牆角的其中一個空酒瓶，用鞋帶繫着瓶頸，吊在手裏。

「你幹什麼把戲？」

「站在一旁看好戲吧。」我左手拿着太陽眼鏡遞出門口，反照上空，再次確定無人機的位置，右手勾着鞋帶打圈，開始旋動酒瓶。

「你扮 Marvel 的雷神？」

「旋動戰斧的雷神會飛天，我卻不會飛。」我跳出門口，「不過，我把會飛的無人機打下來。」借助高速旋轉的離心力，我把酒瓶向上甩出。

「嘩……Woo……」湯米也跳出門口，抬手遮擋陽光，瞇起雙眼，萬分期待地觀看酒瓶高飛，「噢……打不中呢……」

酒瓶在無人機旁邊飛過，雖然打不中，但像彗星尾巴一樣的鞋帶隨着氣流被捲進其中一軸的螺旋槳之中，卡死了。無人機登時失去平衡，左搖右擺。它在空中晃了一會，繼而失去動力。當酒瓶在空中力盡下墜，無人機也一併被扯下來，「嘭」的丟落我們腳前，四分五裂，碎片和零件遠近彈開。

「Cool！Thanks——」湯米雀躍不已，一邊鼓掌，一邊轉身離去。

「喂——」

「那批貨物是冰毒，偽裝成馬拉香料入境。」他背着我說，「那些並非傳統的冰毒，而是一種全新的品種，淡黃色的，致幻程度強烈，斷片時間特別長。我從前沒嚐過，之後也沒見過。」

終於得到答案了，卻得來不易，死了一個人。

瘋狗李察的死跟我追查陳積的毒品有沒有關係？

我站在原地不動，瞧着腳前的無人機碎片，完全摸不到頭緒。

瘋狗李察撈偏門生意，脾氣又臭，一定惹下不少江湖仇怨。仇家買兇殺他，不足為奇。可是，奇怪之處相當明顯，他偏偏在我登門造訪時被殺，且死於黑幫不常用的無人機狙擊，他的死會不會因為我找他？如果殺手的目的是阻止我追查陳積的毒品，當我在窗前發呆時，射殺我不是更簡單直接嗎？

真的想不通。

想不通就不傷腦筋，這是我的作風。

看來沒必要留在利物浦。

這星期曼聯與利物浦的雙紅會，恐怕要看電視直播了。

黃糖線索

阿Wing感染Omicron，數番折騰之下，一絲線索，一場奇遇，出現在暴雨中的木屋內，揪出幕後主謀……

1

在林鄭月娥卸任香港特首後不久，有網上留言稱，她與丈夫在英國希斯路機場出現，另有KOL估計兩人轉機前往愛爾蘭首府都柏林探望在都柏林大學攻讀哲學博士學位的次公子。這些網上貼文立即引起一番熱議，討論的焦點在於林鄭月娥如何突破歐美國家的制裁入境英國？以及哪家航空公司不懼制裁為她提供機位？發酵一日之後，香港報章發文闢謠，報道林鄭月娥被傳現身英國當晚，其實在沙田看粵劇。事件才告一段落，卻已經滿地花生殼，雖然離開官場，但非無官一身輕，林鄭月娥的一舉一動仍備受香港人注意。

該死！我又自摑一巴掌，最近不知為何總是心緒不寧，來到都柏林，竟又想起香港的特首家庭，胡思亂想完全不着邊際。

我從利物浦乘坐一小時的航機飛越二百一十七公里，抵達都柏林，當然不是為了探望林家次公子，而是繼續追查陳積那批冰毒，請勿胡思亂想，林家次公子與毒品絕無關係，算了，我要放下林家，把心思放回冰毒之上。

冰毒是一種化學合成的透明結晶體，無味或略有苦味，外形像冰糖，主要成分是亞甲二氧甲基苯丙胺，有些毒販為降低成本，或產生奇怪的藥效，在合成過程中混入其他化學物，根據湯米描述的顏色和藥效，我很快就查出那批冰毒進入英國後，轉銷都柏林的毒品市場。由於它的顏色像黃糖，偷運入境時又偽裝成黃糖，都柏林的毒品小拆家乾脆稱它為「黃糖」。不知什麼原因，東南亞的毒販只生產過一批「黃糖」，陳積出貨後再沒出產，所以都柏林這條線索不會有錯。

其實，都柏林素有歐洲矽谷之稱，Google、Facebook、Apple、PayPal 等 IT 龍頭企業的歐洲總部都設在當地，世界十大藥廠包括 Pfizer、Johnson & Johnson、Roche 等的歐洲據點也在這裏，高端科技推動產業、教育、科研的發展，為都柏林，以至愛爾蘭帶來經濟繁榮。另外，都柏林也是一個歷史悠久的文化藝術之都，擁有深厚的文學傳統，別的不說，只說一位，我的偶像——意識流小說大師James Joyce——就是都柏林人，他的曠世巨著《尤利西斯》的場景設定也在都柏林，每年六月十六日，全球的書迷雲集都柏林，重溫主角Molly Bloom在街頭漫遊，大家戴上Bloom的平頂草帽、吃Bloomsday Breakfast、參加導賞團瀏覽小說的地景、朗誦《尤利西斯》的段落，乃愛爾蘭的第二大節日，每年一度的盛事。

然而，世界上所有大城市在經濟繁榮的背面，總有一些陰暗的角落，都柏林也不例外。

都柏林的毒品問題嚴重，例如，毒蟲在火車公然吸毒，把毒品和吸毒工具擺在車卡的桌子上。政府設立海洛英注射中心，讓毒蟲在受監督的安全環境下注射海洛英、古柯鹼、大麻，從而降低他們的注射風險，以及不讓「毒區」在市內擴大，以免影響市容。

都柏林的 River Liffey 把市區一分為二，河的北岸以單數數字劃成九個區，南岸的十三個區則以雙數數字命名，全市共二十二個區，沒有 19、21、23 的區數字。其中以南岸西部的 22 區和 24 區的治安最差，人口種族複雜，黑幫橫行，毒品泛濫，一般外國旅客都不會踏足這兩區，我當然是一個例外。

論到治安，24 區比 22 區壞，販毒則相反，22 區較 24 區猖獗，我中午登機前，打了幾通電話，查得一清二楚，一下機，馬上跑去 22 區，沒片刻耽延，因為一直擔心當我找到新線索時，那神秘的「狙擊手」又暗中搞破壞，他似乎掌握我的行蹤，我對他卻一無所知，敵暗我明，我怎能怠慢呢！

我在 22 區最惡名昭彰的路段下車，計程車司機收錢後趕緊把車開走，全沒等候回程客的打算。我站在十字路口觀察四周，雜貨店、五金行、電器舖、服裝店、洗衣店、鐘錶店、玩具店全都打烊，到處全是放下鐵閘的店舖，距離天黑尚有一、兩個鐘頭，店家這麼早就不做生意，難道今天大家都賺夠了？

店舖休業，路人稀少，行人道變得一點都不覺擠迫；往來車輛疏落，容易令人產生錯覺，馬路特別寬闊。

一個醉漢拎着酒瓶坐在巴士站的長椅上，木無表情地盯着空蕩蕩的馬路。一個把家當堆在超市爛購物車上的拾荒者來到巴士站前，停下來翻弄長椅旁的垃圾桶，卻找不到什麼。一個父親模樣的印度男人從便利店出來，捧着鮮奶和麪包，在幾個靠着欄杆的黑人青年跟前走過，急急忙忙地橫越馬路，穿入橫街。另一個黑人青年也從便利店出來，拆開不知是剛在店裏買還是偷的香煙，分給同伴，有人擦亮打火機替大家點煙，然後嘻嘻哈哈的跑進小巷裏。

大街冷清，小巷熱鬧。

我尾隨進去，人在巷口，已嗅到巷內的陣陣臭氣。地上到處濕答答，沒下過雨，不敢想像那些是什麼液體。建築物外牆髹着亂七八糟的塗鴉，連接外牆的金屬樓梯上，坐着喃喃自語的酒鬼、眼神渙散的毒蟲，還有一些賊頭賊腦的傢伙，我走進小巷不久，已有兩個想打我主意的從金屬樓梯跳下來，跟在我身後。前方，酒吧的木門打開，一個擁有摔角手身形的紋身大漢把一個醉昏昏的男人攆到街上，大漢見我站在門外，拉着門把問：「要進來嗎？」我點頭，他便站在一旁讓我先入內，才關上木門，把那兩個跟蹤我的傢伙拒諸門外。

酒吧設在地庫，走下一道梯板「伊伊嘎嘎」的窄長樓梯，來到大約四分一客滿的桌椅區，旁邊的包廂區沒開放，沒一個客人。我甫現身，即引來一陣沉默，大家都停杯閉嘴，不約而同地瞅着我。我無視身前身後的不友善目光，輕鬆地走到長吧枱前面，拉開高腳凳，施施然坐定。

「喝什麼？」站在長吧枱另一端的老闆冷淡地問。他拿着一塊髒布在抹酒杯。

「黑啤酒。」已經成為異類了，我不敢點在酒吧慣喝的鮮奶，唯有入鄉隨俗，喝愛爾蘭特產的苦味黑啤酒。

「五英磅。」老闆把一杯斟得滿滿的黑啤酒「啪」的放在枱上，用力一推，酒杯以高速滑過來，沿途溢出不少泡沫和酒滴。

我為免溢出更多，不敢硬接，以太極拳的「捋」勁化解，輕手一揮，連消帶卸，卸去來勢，從容地握着杯耳。酒杯來到我手上，不再瀉出一滴。

老闆慢條施理地踱過來，邊走邊用同一塊髒布馬虎地抹乾枱面的酒滴。我把酒錢放在枱面，另加一疊鈔票放在酒錢旁邊。

「老友，你在22區犯上財不可露眼的錯誤。」老闆拿走五英磅，「你想安全離開嗎？這些錢都留下吧。」

「你想要？」

「你誤會了，我是賣酒的，不是搶匪。」老闆掃一眼我身後，「我是為你的人身安全設想。」

「錢，我掏出來，就不打算收回，誰都可以拿，不過有一個條件，需向我提供消息。」我骨碌骨碌的舉杯暢飲。

「什麼消息？」

「岳——」我放下半杯黑啤酒，打個嗝，「二〇一九年誰在都柏林分銷黃糖？」

「你原來想買黃糖，呵呵，去大街的東尼雜貨店啦。」後面有人叫嚷，「不止二〇一九年，現在和將來也可買到；不止黃糖，白糖、紅糖、黑糖、蔗糖、沙糖、方糖、片糖、冰糖等都有大量存貨，哈哈……」

哄堂大笑。

「笑話沒水平，消息不值錢。」我繼續喝酒。

「值不值錢，不由你說。」有人叫囂。

我把剩下的半杯黑啤酒喝光，抓起那疊鈔票捲起來，塞進空杯內，說：「誰有本事就來拿……」

語音甫落，背後響起急不及待的腳步聲，一隻粗壯的巨手從後抓向酒杯。

他快，我更快。我的手肘向後撞出，他的手剛越過我的肩頭，心窩已中我一記肘

擊，痛得哈腰喘氣蹲地。

「奇了？亨利突然肚子痛，未打先輸。」

「這香港人使妖術，亨利中了他的暗算。」

「我看，他懂得功夫。」

我的肘擊精準，避開亨利厚實的胸肌，正中人體的脆弱部位，一擊即中，而我的動作細微，旁人不留心觀察，以為我一直坐着不動。

「若讓這個香港人大剌剌的走出22區，我們豈不丟臉嗎？」

「對呀，一定給24區的幫派看扁。」

「大家一起上，來吧，替亨利出口氣，不能讓他輸得不明不白。」

背後人人離座，聽見揮動刀子的「呼霍」，也聽見把子彈推進槍膛的「卡察」。

「慢着——慢着！」老闆從吧枱下方取出一枝短管的雷明登霰彈槍，當胸擎起，「在我的地方，不准動刀動槍，這是我的規矩，不遵守的，就到外面自行解決，否則，莫怪我不客氣。」

「謝謝你主持公道。」我笑道。

「弄出人命，惹警察上門。弄壞地方，沒人賠償。」老闆怒目瞪着我，「打開門做生意，每日總有一、兩個瘟神跑進來，避無可避。」

「瘟神是我嗎？可對不起啊！」我拍拍手，站起轉身，面對羣眾，朗聲道：「我專程來打聽消息，沒興趣打架，為了令你們知難而退，素來謙虛的我，唯有露一手，唔，你，你，你最魁梧，是當沙包的首選，你也不錯，高頭大馬，跌倒不易爬起，加上你，目露凶光那個，對，就是你。三個一起上吧。」

被我點名的三名大漢，都一臉不爽的站出來，品字形的把我包圍，磨拳擦掌，咬牙切齒，恨不得撲上來合力將我撕開扯碎。

我故意賣弄功夫了得，原地踏跳幾步，出奇不意的後腳迅速跳步移向前方那個「高頭大馬」，前攻手向上猛撥，佯攻誘敵，分散「高頭大馬」的注意，後腳還沒着地，前攻腳已經抬起，作出一個大幅度的縱深跳躍，「高頭大馬」以為我的前攻手打他的臉，作出即時反應——舉手擋格，結果中門大開，就在此時，我的後腳着地站樁，隨即轉腰擰胯，前攻腳順勢前衝側踢，結結實實地踢中「高頭大馬」的胸口。

「高頭大馬」慘叫一聲，往後直飛，跌在樓梯前面，砸壞一張桌子、兩張椅子。

我叱吒幾聲，馬步前虛後實，用拇指擦鼻。李小龍在歐美仍具威望，我模仿他的經典招式「中位側踢」，也要模仿他的招牌表情。

其餘兩人互望一眼後，慢慢退回座位，知難而退，不敢逞強。其他人更加不敢生事，繼續飲酒，當作沒事發生一般。

「好功夫！」老闆放下另一杯黑啤酒，「這杯我請客。」

「謝謝。」我拱手，「如果有黃糖的消息，我就更加感激。」

「你不是警察吧？」

「我當然不是警察。」

「你來晚半天。」

「什麼意思？」

「當年在都柏林銷售的黃糖，貨源來自一個拆家，他叫比爾……」

「在哪裏可找到這位比爾先生？」

「他不會在天堂，你若懂得落地獄，可以在那兒找到他。請別誤會，我不是咒你，今日中午，比爾的母親發現兒子倒斃浴室，報警求助，後來警察證實他死於注射過量海洛英。」

「毒品拆家注射過量海洛英，不可能吧！等於米芝蓮星級廚師在香煎鵝肝時放過量的鹽，高階調酒師在 Margarita 裏放過量的檸檬汁，太荒謬了！」

「這就是我們的荒謬世界，呵呵。」

線索斷了，又走進一條死胡同，看來那神秘的「狙擊手」又快我一步，我還沒下飛機，比爾就死了。

「這些錢，當作我賠償你的桌椅。」

我喝掉啤酒，失望地離開22區。

2

他快步向一邊走去，在經過一束寬闊的陽光時，他的眼睛活了起來，呈現出藍色的生命。

我很喜歡James Joyce在《尤利西斯》裏寫的這段話，應用於調查工作，最大的啟發是「快」，敵人快嗎？我比他更快，這是第一點。第二點是永遠有「活」路，看似死胡同，山窮水盡疑無路，柳暗花明又一村，堅持不放棄，繼續走下去，說不定陽光燦爛、藍天白雲就在前面。

喉嚨不適的我抱持這種心態，按響比爾家的門鈴，人雖死，家裏或殘留蛛絲馬跡，不來一趟，錯失了追悔莫及，反正所有線索都斷了，即使空跑一場亦沒損失，除了花一點時間。而我從亞洲飛來歐洲，已經花了許多時間，多花一點又何妨？

本來預計沒人在內，我剛掏出百合匙，正要偷進去搜查，可是，有人應門。應門的是比爾的媽媽。比爾的妹妹也在屋內。我自我介紹是比爾的朋友，驚聞噩耗，特意前來慰問，同時向其他朋友收集了一些慰問金交給家屬。比爾的媽媽接過厚厚的信封，稍為打開看看，面上的戒懼神色才大大寬容。不過，比爾的妹妹對我的敵意一直不減，從我進屋開始，她就怒目而視。其實，她是對的，我是個白撞，我的虛情假意連自己也想作嘔，沒辦法，為了線索，作嘔要忍住。

比爾的媽媽告訴我，她每星期都來比爾家一趟，替他執拾房子、清洗衣物，

昨天進門後不久，就發現比爾倒斃在浴缸裏，上臂紮纏膠帶，身旁遺下針筒，雖然警察認定比爾死於注射過量海洛英，但她不相信，因為比爾從不注射毒品，平日習慣用鼻子吸服。我不置評論，只是靜靜聆聽，心裏盤算如何騙得母女倆的首肯，可以翻弄比爾的遺物。

多行不義總沒好下場，自兒子第一天走歪，比爾的媽媽早有心理準備，現在白頭人送黑頭人，她的心情是傷感多於傷心。我挖空心思，擠出幾句安慰的話，請她節哀順變、保重身體。她正為兒子揀選葬禮用的照片，在選用近照與舊照之間舉棋不定，我一場來到，她請我給點意見。其實我跟比爾素未謀面，既然自稱是他的朋友，唯有硬着頭皮瞧瞧擺在桌上的照片，的確近照與舊照的落差很大，近照裏的比爾面目可憎，舊照裏的卻是個陽光男孩。

「他年輕時竟然踢足球！」我的詫異倒不是假裝出來。

「對呀，他本來就是個足球健將。」比爾的媽媽緬懷過去，「在老家唸高中時，體育老師挑選他進入校隊，後來還當上隊長，帶領球隊贏取一場又一場的勝利。他與一班隊友感情很好，大夥兒經常來我家玩，你看，這張照片，他們在我家的花園燒烤，多麼開心……」

我應酬式的看一眼比爾的媽媽遞過來的照片，立即被照片裏比爾身旁的男孩嚇了一跳，不禁恍然大悟——原來是他，怪不得呢！

我伸出激動得微微發抖的指頭，指着照片裏那張青澀的臉孔，以試探的口吻說：「這個人我好像認識，一時忘了他的名字……」雖跟檔案照片的老練世故判若兩人，但看見他昔日的青澀，我腦海中零散的碎片，像拼圖一般叭嗟叭嗟地拼湊起來。

「讓我瞧瞧。」比爾的媽媽戴上掛在胸前的老花眼鏡，「你是說莫里斯嗎？」

「呀！就是他，莫里斯……」我心裏有數。

「莫里斯跟比爾自幼一起成長，情同手足，感情特別要好。可惜，長大後，一個做兵，一個做賊，各走極端……」

「對了，你們的老家在都柏林市哪一區？」

「不在市內，在市郊。」

「市郊哪兒？」

「一處鳥不生蛋的窮鄉僻壤。」比爾的妹妹突然發牢騷似的插口，她一直坐在旁邊對我們的交談漠不關心。

我趁機拿出手機，開啟Google Map，向她請教那處窮鄉僻壤的位置，腦子裏同時回溯那幅接近完成的拼圖，陰差陽錯的成功湊合，感覺實在匪夷所思。

3

比爾的媽媽歎息兒子與莫里斯一兵一賊，長大後各有極端。她知其一，不知其二，實情是兩人同流合污，兵賊不分。我繞過不中用的李森美，另找一位MI6

的朋友吐交情，打聽莫里斯的事，原來早在二〇一九年初，MI6的紀律小組開始對莫里斯作內部調查，調查原因和進度被列作機密，我的朋友為人謹慎，不敢僭越追查下去。

然而，光是這個消息已經非常有用。

我據此不妨作個大膽的假設，莫里斯不知作了什麼違規勾當，自知逃不過內部調查，與其難逃刑責，倒不如撈一大筆錢先行捲席。那次失敗的臥底交易，他如果是失蹤者兼得益者，他手上便有七百萬英磅現金與一批價值不菲的冰毒，而他不可能親自拿冰毒到市場出售套現，透過跟他自幼一起成長、感情特別要好的毒品拆家比爾，那就安全得多了。另外，Covid-19全球大流行，病毒四處蔓延，各國無一倖免，疫症爆發首年，疫苗趕不及研發面世，各地政府的防疫政策是封關封城，嚴防嚴控，他要逃也無處可逃，反而找個地方躲藏起來，暫避風頭，方為上策，而最安全的藏匿地點莫過於他那個鳥不生蛋的老家。MI6認定他在Isleworth

小鎮遇害，對他來說，更是一個「完美的誤會」，疏漏百出的李森美，忽略都柏林這條線索，我一點都不感意外。

莫里斯的老家所在，連 Google Map 也沒詳細標示，比爾的妹妹只提供大略的位置，囑我到埗後再向當地居民問路。

我雖感喉嚨不適，但不敢停下來，馬上跑去 Avis 租車公司租了一部 Peugeot 2008 趕快啟程，因生怕歷史重演，又被那神秘的「狙擊手」搶在我的前頭，把線索切斷。

一路上，我的身體狀況不斷轉壞，喉嚨發痛發癢，開始咳嗽，打噴嚏愈來愈頻密，偏頭痛較開車前嚴重，摸一下額頭，微感燙熱。我懷疑自己感染了 Omicron。Omicron 的傳播力強勁，無論有沒有注射疫苗，不管置身的社會奉行「與病毒共存」抑或堅持「清零政策」，人「有幸」遇上這變種病毒，即受感染。病毒不聽指揮，人封得住，病毒封不住，天要下雨，人要中招，誰可以說不？

若要追蹤我的感染源頭，我第一個就想起醉貓羅拔，他不停咳嗽，我和他在物流公司的辦公桌底下「密切接觸」時都沒戴口罩，不是他傳染我，還有誰？

我一邊咳嗽，一邊開車，幸虧沒遇上警察的檢查路障，警察若看見我這副模樣，不把我送去隔離才怪。所以我沿途不敢超速，以免招惹警察。我這世人駕駛最安分、最遵守道路規則的，恐怕就是這一程車了。

從後視鏡所見，公路後方的天空上，大片黑雲從後追來，汽車收音機播出氣象預測，今晚這區將有狂風大雨，看這天色，相信預測正確。

區區風雨，不影響我的追查決心，管他晴天雨天白晝黑夜，找到莫里斯，即使不逮捕他，只要替他拍張照片，證明他目前健在，已經足夠讓白靈洗脫嫌疑，至於 MI6 如何重新審視這宗懸案，要逮捕誰、要處分誰，是 MI6 的「家醜」，不由我操心。

接近傍晚，終於到達比爾的老家。這是一個典型的 dying town，人口嚴重老化，學校停辦，百業不景，年青一輩遷到大城市升學、謀生，整個小鎮欠缺活力和動力，在日薄西山的時候來到，但見路人絕跡，商鋪落閘，更覺暮氣沉沉。

目的地不在鎮上，我不作停留，直接驅車穿過小鎮，望北部的山區進發。

人口減少，發展停滯，小鎮的公共設施缺乏維修，車道愈走愈爛，沿途凹凸不平，碎石「劈劈啪啪」的彈刮車底，幸而是租車，否則心痛死了。

四周愈來愈暗，喉嚨愈來愈痛，駛在沒路燈的車道上，前路似是無窮無盡的彎道，右轉之後又是右轉，偶然在樹林深處隱約看見屋宇，盡皆門窗封閉、暗黑無光，不似有人居住，我開始懷疑自己是否走錯路。

最後，我被迫停在一個Google Map沒紀錄的岔路口，兩邊都是沒鋪上柏油的狹窄泥路，路旁的長草在晚風中左右搖晃，快要下雨了，選擇向左駛還是向右駛？抑或掉頭回去？如此天色，如此身體狀況，找間旅店，洗個熱水浴，吃一顆Panadol，上牀睡覺，其實是個正常不過的選擇。

不，回去等於放棄，明天再來時可能又被那神秘的「狙擊手」截足先登。

我嗆咳一輪後，定一定神，把車頭燈的亮度開到最大，仔細觀察左右兩邊。右邊的車道較為好走，路面留有新近的輪胎痕跡，兩相比較，使用右邊車道的車輛明顯的較多較密，莫里斯躲在老家，日常總要開車出入購物，所以我選右邊。

才踩油拐彎，擋風玻璃前赫然站着一個拄拐杖的男人。我急踩煞車。緊急煞車產生強大的反作用力，把我放在後座的背包甩到駕駛座的椅背，我也失去重心，若非繫上安全帶，我的頭一定撞在方向盤上，雖然避過「中頭獎」，但安全帶把我的胸口勒得隱隱作痛。

那是什麼人？怎會突然在荒山野路出現？我沒把他撞傷，大家的運氣都好。

「你沒受傷吧？」我放下車窗，把頭探出車外。

他搖頭，似乎受驚，不似受傷。

看清楚，他原來是個殘疾人士，面癱、左手和左腳扭曲乏力，靠右手拄着的拐杖支撐身體，保持平衡，看來是半身不遂的中風康復者。

「不好意思，差點撞傷你。你住在附近嗎？」我保持禮貌，不對他的歪嘴斜眼流露出同情或驚愕的表情，以平常心態看待平常人。

他點頭，口齒不清地問：「你……迷路？」

「我想找莫里斯，你認識他嗎？走這條路對嗎？」

「不對，走……左邊。」

「噢，謝謝！」幸好遇到一個認識莫里斯的本地居民，我連忙倒車，駛回岔路口，轉入左邊的車道。

至少那個面癱的男人見過莫里斯，可證實莫里斯尚在人間，總算有收獲了，儘管辛苦，亦不枉此行。

左邊這段車道荒涼無比，全程顛簸，我好像開進深山野林一般，一路上，兩旁的長草與伸出車道的樹枝一直擦刮車頂和車身，明天把 Peugeot 2008 交還

Avis時，職員一定看得傻了眼。

莫里斯真懂裝死，誰會想到他躲在這裏？MI6認定他被白靈殺死，根本就不會追查他這個遭人遺忘的老家。

沒多久，大雨降下。

密集的雨點加上落葉，嚴重干擾視野，車道也變得一片泥濘濕滑，駕駛倍感吃力，開得快，輪胎打滑失控，開得慢，輪胎卡在鬆軟凹陷的泥坑裏動彈不得，若在平常日子，我絕對應付得了，但目前我的身體狀況，恍如路面狀況，每況愈下，恍恍惚惚的，忽地一陣發冷，打了一個大噴嚏後，左耳完全塞住，我慌了，輕力拍打耳朵，耳塞毫無改善。就在此時，汽車穿出草叢車道，一幢三角斜頂的木屋在雨幕中出現，終於到埗，我不禁鬆一口氣，精神稍不集中，沒在意前面是一段下坡路，沒減速的車子衝滑而下，我連忙煞車，右耳卻聽見引擎發出令人毛骨聳然的加速爆響，原來錯踩油門，急忙改踏煞車，已經太遲了，車子衝出車道，在草地上失控滑行，我拉起手煞，扭動方向盤修正前衝方向，避開直撞木屋，車子仍不受控制，失速打轉，車尾掃向木屋旁邊的棚屋，我無能為力，一轉眼，車窗和擋風玻璃現出全是棚屋的木牆，一聲砰然巨響後，強烈的碰撞震盪緊接而來，眼前一白，漲卜卜的安全氣囊充氣彈出，我整個上半身陷入氣囊包圍，卸減了大量的撞擊力。

車子停下來。重物塌落，壓着車頂，車頂凹陷，車身沒變形，車門尚能打開，我大略察看身體，並沒受傷，手腳活動自如，沒被卡住，馬上打開氣囊的排氣孔，鬆開安全帶，取了後座的背包，爬出車廂，推開雜物，跨過爛木板，爬出棚屋，冒雨跑到木屋的門廊下面，喘着氣回望，棚屋的屋頂完全坍塌，整部 Peugeot 2008 被埋在木板樑柱底下。

我渾身濕透，咳嗽不停，狼狽不堪，身子忽冷忽熱，找地方遮風避雨保暖最是要緊，隨便拍兩下門，屋內沒亮燈，門後沒動靜，便側身用肩頭使力一靠，把不牢固的門鎖逼開，屋內飄出一團霉氣，這屋子丟空已久，莫里斯不可能住在裏面，或許那個面癱的男人亂指一通，或許我找錯地方，都不管了，裏面總算有瓦遮頭，進去躲一下，先避過風雨，再作打算。

屋內沒水沒電，唯一管用的是客廳的壁爐，記得門廊下有一堆用破洞的防水布油蓋着的乾柴，我強忍頭痛欲裂，重返門廊，掀開積滿厚塵的油布，抱起柴枝跑回屋內，把它們均勻地疊在壁爐裏，在爐頂找到火柴和舊報紙，已經不考慮老舊煙囪內積存多少致癌的雜酚油，也不猜想有沒有老鼠、松鼠、蝙蝠等藏身煙囪之內，總之就是生火取暖。

我把舊報紙捲摺成條狀，塞在柴枝下面充當火種，然後劃亮火柴，燃點紙角，滿懷盼望地看着火舌蔓延，站在壁爐前哆嗦，看着第一根柴枝被火舌波及，直至柴枝統統燃燒起來，心裏才覺踏實。

屋內漸漸和暖，柴火帶來令人感動的熱和光。光影綽綽，我看得更清楚，壁爐的外框用大塊厚實的麻石鑲嵌，看起來堅固耐用，客廳中央鋪着一塊褪色、骯髒、破損的舊地毯，上面擺放一些破舊家具，看得出長年累月沒動沒用，客廳連接飯廳和開放式廚房，之後是房間、浴室、廁所之類，牆壁門窗崩裂朽壞，眼下一片頹圮凋零。

我沒心情參觀或探險，把一張木椅搬到壁爐前面，脫掉淋濕的衣服，搭在椅背和靠手之上，讓爐火把它們烘乾。又狂咳一輪，趁在昏倒之前，我打開背包，取出購自藥房的 Covid-19 應急包，拆開裏面一盒「新冠病毒抗原快速檢驗套組」，駕輕就熟地拿採檢刷在鼻孔深處撩撥數圈，抽出來插進試管裏攪動，靜止一分鐘，再把試管內的樣品液滴進卡匣的測試槽內，等一會，測試結果呈現兩根黑線——陽性，一如預料，沒有驚喜。

看看應急包內有些什麼藥物，不知有沒有蓮花清瘟膠囊？

沒有。

還好，有 Panadol 和薄荷味的止咳水。

我擰開插在背包上的瓶裝水，連服兩顆 Panadol，再吞一大口止咳水。藥量是重了一點。我不想死，真的，我不想死在這裏，死在這裏訃聞會這樣寫：「阿 Wing 在都柏林市郊一個鳥不生蛋的地方死於肺炎」，實在太丟臉了。

屋外狂風呼嘯，雨水飄潑，樹枝跌在屋頂上，沿着三角形的斜頂「噗啦噗啦」的滑落地面。壁爐內，乾柴烈火燒得正旺，「吡吡噗噗」的不時彈起幾顆火星。

我把客廳內唯一的長沙發挪近壁爐，赤身躺上去，沙發中間凹陷，彈簧鬆弛，一點都不舒服。咳嗽終於停歇，喉嚨仍然又乾又痛，發燒好像惡化了。要不要多服一顆 Panadol？

不要，不要。短時間內再服，死因可能改寫為「死於猛暴性肝炎」，同樣是丟臉。

要不要打電話求救？

荒郊野林，車毀人病，當然要求救，可是，拿手機一看，沒點滴網路訊號，求救無門。現在，外面風雨交加，我整個人像當機一般，渾渾噩噩，頭重腳輕，唯有躺在沙發上，靜待藥力生效、體力恢復。人雖是萬物之靈，但連一顆肉眼也看不見的微細病毒也鬥不過，憑什麼可以自誇自傲？

又有東西打在屋頂上，從聲音分辨，這物件比一般的樹枝更大，或許是粗大的枝幹吧，希望屋頂擋得住。

今晚將會非常漫長。

壁爐旁邊的窗子沙沙作響，聲音不似雨點敲窗，我用手肘撐起上半身，歪頭察看，窗外，一隻黑色的小東西用翅膀拍打玻璃窗，大概牠被火光吸引，也想進來避雨取暖。我爬起身，走到窗前，那是一隻蝙蝠。蝙蝠的外貌並不討好，頭形像狗像熊，細眼、長耳、尖嘴，正用一雙翼手抓拍玻璃窗，牠身上的皮毛盡皆濕透，樣子怪可憐，極需我伸出援手。我感同身受，同樣淪落在風雨之中，豈能見死不救？雖然蝙蝠是新冠病毒的宿主，但我感染了Omicron變種，已沒所謂了，於是推開少許窗子，牠與風雨一同從窗隙中鑽進來。

蝙蝠已經筋疲力竭，進來不久，還沒飛近火爐取暖，已捱不住，像沒生命的落葉一般，丟在地毯上，一動不動。

牠死了嗎？

冷風害我咳嗽一場，我連忙關上窗子，站在蝙蝠身旁，等咳嗽過去，也等牠撐地而起。

咳嗽停住了，但蝙蝠仍然沒動。我不懂替蝙蝠急救，放棄了，轉身從壁爐旁的工具架上拿起一個灰鏟，把牠剷起，本想把牠扔進壁爐裏，給牠一個轟烈的火葬，不過沒確定牠是暈了還是死了，不敢輕忽，便把牠放在客廳一角，如果是暈了，讓牠躺在那兒慢慢甦醒，如果是死了，也不會讓我睡醒後不慎踩到牠的遺體。

「我不想死在這裏，蝙蝠，也不想你死在這裏。」聽見自己的聲音變得低沉沙啞，我嚇了一跳。

「安頓」好蝙蝠，我把灰鏟插回原位，想不到走動一下，整個人累垮了，跌回沙發上，眼皮沉重，風在外面尖叫，雨持續潑灑窗上，樹枝跌落屋頂，柴火偶然爆響一聲「咇噗」，我仍未退燒，蝙蝠死了嗎？乏力地張開眼睛，牠安靜地伏在牆角，我不抱期望地閉上眼睛……

不知過了多久，可能是十分鐘，也可能是一小時，屋外傳來巨物斷裂的聲音，緊接着搖地顫瓦的震動，多半是樹倒了，且是一棵大樹，我再次張開眼，屋頂和牆壁完好無缺，大樹沒倒在屋上，轉頭看一眼牆角，蝙蝠不在那兒，牠果然沒死，且甦醒過來，不知飛到哪個屋角，把自己安安穩穩地倒吊起來。我慶幸剛才沒鹵莽誤判，否則，把牠活活燒死，不是謀殺也是誤殺，我就變成兇手了。

「阿Wing……」

聲音令我大吃一驚，誰在喚我？屋裏明明沒第二個人。

「阿Wing，是我，我在這裏。」

循聲往上望，蝙蝠站在壁爐的麻石外框頂部，我登時坐直身子，擦擦眼皮，問：「是你說話嗎？」

「這房子裏只有你和我，不是我，還有誰與你交流？」蝙蝠的尖嘴沒動，聲音的確來自牠，大概這就是「腹語」吧。

「我一定是做夢。」

「是夢是醒，多少人分得清？很多人醒着說夢話，也有人夢裏吐真言，夢也好，醒也好，無謂計較了。」蝙蝠在壁爐頂來回踱步，居高臨下，像個老學究在講台上授課，「首先，阿Wing，我要感謝你的不殺之恩。」

「言重了……」我從椅背取回衣服，「蝙蝠老兄，你用錯成語吧？」牠雖是蝙蝠，但赤身露體的與牠對談，我始終覺得尷尬。

「沒關係啦，我也沒穿衣服。」蝙蝠聳聳雙翼，「對啦，我說錯什麼？請賜教。」

「應該是救命之恩吧。」我穿上衣服，躺回沙發上，「舉手之勞，不必客氣。」

「你放我進來，我以為你想將我當作晚餐。看來你今晚錯過了晚餐。我知道，黑頭髮黑眼睛黃皮膚的人種很會做菜，愛吃蝙蝠，最常見的菜式是蝙蝠湯，這裏沒湯鍋，我以為你會叉着我 barbecue。」

「哎呀，不是這樣的，黑頭髮黑眼睛黃皮膚的人不是個個都吃蝙蝠，至少我不吃，什麼果子狸、穿山甲等野味統統也不吃。」

「為什麼？我們不美味嗎？你們的傳統食譜明明寫着：野味補身。」

「我才不吃這一套，正常的食材，如牛羊魚禽、蔬菜水果，已有足夠的營養，根本無需食用你們這些野生動物，況且你們的生長環境複雜，身上帶有各種細菌與病毒，把你們當作食材，風險極高。二〇〇三年的沙士源自果子狸，二〇一九年的Covid-19源自蝙蝠，都是活生生的教訓，可是，有些人錯完又錯，犯了再犯。」

「阿Wing，我不得不稱讚你一句，明白事理。」蝙蝠好像拍手讚好，「遺憾的是，那些人沒汲取教訓，不斷越界，入侵我們所生存的野外，擾亂我們的生活，還捕捉我作食材、作科研，現在新冠病毒四處蔓延，嚴重影響經濟民生，人們冒着副作用的風險去注射疫苗，大熱天時戴起口罩排隊篩檢，我只能說一句，活該！」

「唉！」

「說回你，你捨棄高牀軟枕，風大雨大跑來荒山野外變落湯雞。」牠只差「活該」沒說出口，「幹什麼？」

「尋人。」

「眾裏尋他千百度，驀然回首，那人卻在燈火闌珊處。」

「作為一隻蝙蝠，你屬於有文化的品種。」

「過獎。」牠拍翼飛到屋頂，用雙腳反抓橫樑，倒吊樑下，「我倒吊也有幾滴墨水。」

我怕咳嗽，忍住不發笑。

「別怕，你正在好轉，談了這麼久，沒咳過一聲，而且已經退燒，不信你自己摸摸額頭。」

一言驚醒夢中人，跟牠交談以來，我真的沒咳嗽，喉嚨不痛也不癢。我用手背壓着前額，感覺沒剛才那麼燙熱，笑道：「托你的福，好轉不少。」

「人在此山中，雲深不知處。」蝙蝠搖頭晃腦，「你訪客不遇，我們不期而遇，算是一場緣分。」

「都是那個面癱的男人不好，亂指一通，也許他不止半身不遂，腦袋也有毛病，也許他惱我差點撞倒他，故意騙我走錯路。」

「那個男人，你不認得他麼？」

「我怎會認得他？」

「既是這樣，我就言盡於此，讓你自己發現真相，不是更有破案的樂趣嗎？」

「喂，你別賣關子，有話說清楚。」

「時間差不多，我們都累了，我建議你好好睡一覺，明早你挺忙碌的，別睡這張爛沙發，上面舒服得多……」

「上面？什麼上面……」聽見「累了」，我的眼皮又沉重起來，不期然閉上眼睛，猛地想起還有話要問蝙蝠，睜眼看時，蝙蝠已不在樑下，眼皮再度合上，我在做夢嗎……

又不知過了多久，可能是十分鐘，也可能是一小時，開門聲把我驚醒，進屋的是兩個人，雖然他們都放輕腳步，也沒交談，但我聽得出，證明我的身體已經復元了。我悄悄翻身爬起，這才察覺，我身下的並非客廳的爛沙發，而是一張舒適的軟墊，鋪在貼近屋頂的閣樓之上，頭頂是一個寬大的天窗，腳邊放着我的背包。天還沒亮，風雨已停。我何時上來？如何上來？完全沒記憶。

閣樓地板並不齊平，從木板之間的罅隙，可以清楚看見進屋兩個男人的一舉一動。他們拿着電筒和手槍，剛檢查過客廳，開始逐一檢查房間，兩人的動作互相配合，一個擎槍戒備，一個推開房門，訓練有素。

他們擺出進攻陣式，我可以肯定他們一發現我，就毫不猶豫地開火，因為我是個危險人物，不會束手就擒，只要給我丁點時間和空間，便把他們打得倒地不起，彼此心知肚明，他們既已進屋就非殺我不可。

這兩個人誰是那神秘的「狙擊手」？抑或兩個都是？

我伏在閣樓上屏息觀察，他們沒察覺頭頂有異，在樓下白忙一場，找不到我，最後回到客廳的壁爐前面，其中一人首先開腔埋怨：「他不在這裏！」認得是李森美的聲音。晨光曦微透窗而入，就輪廓、身形，百分百肯定他是李森美。

「他的確……來過。」另一人口齒不清地反駁，說話時指着壁爐裏散發着餘熱的灰燼。

是他！那個半身不遂的男人，他的口眼雖仍歪斜，但手腳靈活與常人無異。他原來跟李森美同一夥，想起蝙蝠的話中有話，我的破案樂趣來了。

「我沒說他沒來過，只是給他離開了，你卻懵然不知。」李森美繼續埋怨「拍檔」。

「沒可能，我騙他……來這間荒廢木屋後，立即打電話通知你，又回家拿望遠鏡監視……分岔路口，一直不見他，車道只得一條，又有大樹塌下擋路，他沒可能離開。」

「他的車不在外面，人又不見，你告訴我，還有什麼可能？」

「可能，他半夜……冒雨離去，汽車失事……撞進樹林之中。」

「廢話！我們剛才一路進來，車道兩旁毫無車禍痕跡。現在，白白放生他，我們後患無窮呢！」

「那我沒主意了。」面癱的男人賭氣地坐在我用來晾乾衣服的木椅上，「你既然不想放生他，在利物浦、在都柏林……大有機會殺他，你偏偏不殺，反而幹掉瘋狗李察……和我的老友比爾……」

啊！他莫非是莫里斯？如今他面目全非，怪不得我認不出他，他的半身不遂偽裝得像模像樣，面癱卻是不假，他搞過什麼弄至面癱？

「你的臉有毛病，你的腦袋可正常呢！我說過許多遍，非得不已不能殺阿Wing，只可阻礙他追查，令他放棄。他倘若死了，勢必招來更多特工追查他的死因，到時紙包不住火，一定查到你和我的頭上。」李森美辦案並非無能、疏漏，而是不碰有用的線索，故意放生莫里斯。

「你現在不是要殺他嗎？」

「他已經找到你的老家了，還跟你在分岔路口狹路相遇，離開揭開真相，還遠嗎?除了殺他,毀屍滅跡,我別無對策。」

「我一早警告過你,不要把阿 Wing 扯進來,你就是不聽。」

「我不似你,我在 MI6 獨自承受多大的壓力!白靈下落不明,上級認為我調查不力,有意把案件轉交奧雲接手,你也知道奧雲的為人,笑裏藏刀,面懵心精,只怕他重看檔案時發現那些我故意避開的線索,重新調查,我唯有託詞找阿 Wing 幫忙追查白靈,試想,連阿 Wing 也找不到她,上級就無話可說。豈料,人算不如天算,他真的找到白靈……」

「你以為我的日子過得比你好嗎?」莫里斯指着自己的臉,慢慢站起,走到窗前,搥打窗台出氣,喃喃道:「阿 Wing 究竟跑到哪裏?昨晚大風大雨,看,棚屋也給吹翻了……咦……等一下,那棚屋不似被風吹翻的……」

「什麼?」李森美也走過去,「它是被撞翻的!看,木板下面的是……汽車……」

「我沒說錯吧！他昨晚汽車失事。快走，看看他……死了沒有。」

他們興奮地跑出木屋。

攻其不備，他們的興奮過頭是我偷襲的良機。

我環視一圈，竟找不到樓梯攀下閣樓，奇怪，我沒翅膀，不可能像蝙蝠一樣飛上來，我到底如何上來？現在該如何攀下去？

金黃色的陽光從屋旁的樹梢、葉隙穿過天窗射進閣樓。天窗，我拉開窗門，向外推窗，迎來一陣清爽沁涼的晨風。

才跨出天窗，還沒在屋頂站隱，李森美和莫里斯剛在屋簷下走過，他們小心翼翼地靠近倒塌的棚屋，似擔心我死而不僵從塌屋底下跳出來，我果然是個令人畏懼的厲害角色，嘿嘿。

雨後的三角形屋頂又斜又滑，難以站穩，我乾脆躍過屋旁的針葉松，借枝椏的彈力再跳遠一些，輕巧地落在棚屋後面另一株更高大的針葉松上。樹下兩人開始搬挪木板，希望在車內找到我的屍體。趁他們埋頭苦幹，我摘了兩個松果，靜靜從樹頂攀落草地，詎料，鼻子抵不住松針撩撥——

「乞超——」

兩人猛吃一驚，舉槍轉身。

「波——波——」

我連發兩個松果。

「啊——」

「呀——」

松果分別擊中莫里斯的眉心與李森美的左胸，李森美忍痛閃到戰鬥力全失的莫里斯背後，開火還擊，我縱身撲上，着地一滾，子彈射破木屋的玻璃窗。李森美向下瞄準，若讓他有機會放第二槍，我就要告老歸田了，我使出一招「側臥朝天踢」，踢中莫里斯的下巴，他的頭向後仰，後腦撞折李森美的鼻樑，鼻血長流。

我乘勝追擊，在莫里斯小腹補印一掌，隔山打牛，勁力穿透莫里斯的身體，結結實實地擊在李森美身上，李森美慘叫一聲，吐血而倒。

兩人不堪一擊，我把他們的手槍踢得老遠，再搜查他們，看看身上還有沒有武器。武器找不到，在李森美衣袋裏找到一個衞星電話，待要按鍵致電給MI6的朋友，鼻子又發癢。

「乞超——」

「事先聲明。」我擦着鼻頭，「我中了Omicron。」

李森美已不省人事，莫里斯躺在地上迷迷糊糊的應道：「我不怕……我已注射……疫苗。」

我放下電話，疑惑地打量他的一張歪臉，問：「你的面癱莫非是疫苗的副作用？」

他沒回應，也昏倒了。

如果他的面癱是疫苗導致，那就雙重不幸了。為怕身分敗露，他一定不敢向CDC（疾病管制與預防中心）申報就醫、索償，就連應得的醫療服務和保險賠償也得不到，唯一的好處就是沒人認得他，方便躲藏。

何苦呢！

4

「叮咚……」

門鈴聲把我從午睡中吵醒。

「午餐還沒消化，我不吃下午茶了。」

「叮咚……」門外的人仍堅持。

「來啦，別再按啦……」我搓揉眼睛，從Constable英式復古沙發上爬起身，右腳落地時不慎踩中丟在地毯上的電視遙控器，腳板一痛，驟失平衡的瞬間，左膝蓋撞到了茶几一角。

「啊，好痛……」我哀嚎的同時，電視重啟，播出曼聯作客利物浦的精華片段，沙拿剛射破迪基亞的十指關，利物浦球迷呼歡喝采，聲震Anfield球場，我心靈受創，痛上加痛，俯身拾起搖控器，關掉電視，撫着左膝蓋一拐一跳的前去開門。

「我的胃沒空間容納貴酒店的英式下午茶，請回……」

把門拉開，MI6的小胖子特工奧雲必恭必敬的佇立門外，給我一個露齒的燦爛笑容。無事獻殷勤，非奸即盜，這傢伙安排我入住六星級酒店隔離，食好住好，美其名是慰勞我替MI6破案，實情是困住我，不想我過問案件的後續工作，其實他們如何處置李森美和莫里斯，我全不關心。破了案，我的心情放鬆，隔離當作度假，人變得慵懶非常，九成是這小胖子想出來的陰謀，讓我習慣躺平，清弭我的鬥志。

「前輩好，下午茶時間還沒到，待會你吃不下，我可以代勞。」奧雲無所顧忌地走進來，且沒戴口罩。他挽着一個百貨公司的購物袋，像「血拚」而還。

「喂，我是確診者，你不宜進入隔離房間……」

「沒事了，我在CDC的朋友通知我，前輩最新的PRC已轉為陰性，幾小時後CDC發出正式文件，你可以隨時離開。」

「太好了！」

「你回香港吧？我替你預訂機票。」

「不，一場來到英國，辦完事，我想去探望舊同學、老朋友，他們最近移居英國。」

「在什麼地方？我替你安排交通。」

「Blackpool、Birmingham、Brighton、Luton、Manchester……」我屈指數算。

「嘩，分佈這麼廣泛，你自駕遊好了，我替你預備車子。」

「免了，MI6 的車子內置追蹤器、竊聽器，我無福消受。」

「我私人借車子給你，那是我家族傳下來的古董車，我更換了引擎和零件，糅合古典的外形與先進的科技，保證帶給你前所未有的駕駛樂趣。」他把車匙放在茶几上，匙扣繫着一個漂亮的貴族紋章，「請你放心，我以家族的榮譽起誓，車子絕對乾淨，沒追蹤器，沒竊聽器。」

「真的？」他再次無事獻殷勤，我大感懷疑。

「前輩為敝組織揪出害羣之馬，晚輩無以為報，這點微小的心意，請你不要推卻。」

「我考慮一下，你不必送行，如果車匙留在這兒，即是我租用了 Avis 的車子。」

「實不相瞞，Avis 已把你列入黑名單，並知會租車同業，至少在英倫三島沒租車公司做你的生意。」

「噢！」那輛 Peugeot 2008 的確損壞嚴重，我無話可說。

「叮咚……」

「下午茶到了。」奧雲搶着替我開門，歡歡喜喜的從服務生手上接過手推車，車上放着精緻的三層瓷盤，自上而下，蛋糕及水果塔、英式鬆餅、三文治。奧雲把點心盤、茶壺、茶杯一一擺放在餐桌上。

「你自便吧。」

「我不客氣了。」奧雲已為自己倒茶，濃郁的伯爵茶香撲鼻而來，「對啦，我有東西還給你。」他放下茶壺，打開百貨公司購物袋，取出我的背包，「特警在廢屋的閣樓找到的。當時大家都奇怪，登上閣樓的長梯早已塌爛，特警要攀繩而上，你當晚如何上去呢？其實，我沒告訴他們，你是武林高手，懂輕功，他們少見多怪。」

「咦，這東西不是我的。」我在背包裏找到一個蝙蝠俠模型公仔。

「咦，特警説，這模型公仔放在背包下面，大家都奇怪，那木屋荒廢超過十年，裏面的東西全都破舊，唯獨閣樓的墊褥和模型公仔是新的，這蝙蝠俠模型公仔更是今年發售的全新限量版，所以我以為是你的，我的意思是你買來送給親友的小孩。」

「不，不是我的……」我瞧着蝙蝠俠模型公仔，想起在夢中跟我對話的蝙蝠，只覺如幻似真。

「如果你不要，我可以代為處理。」

我把模型公仔拋給他。

「還有，CDC 簽發文件需時，你不想吃下午茶，又沒興趣看電視，如感無聊，不妨看看這東西，你會感興趣。」他又從購物袋裏取出另一個公文袋。

「這又是什麼？」

他喝一口茶，壓低嗓子說：「莫里斯和李森美的部分口供副本。」

「莫里斯……」我拆開公文袋——

5

那一晚，莫里斯和谷巴老爹駕車離開安全屋。

「地址？」明知問不出答案，莫里斯仍按 MI6 的「劇本」提問。

「左轉，駛出公路，沿河直走。」一如所料，谷巴老爹沒直接回答。

「遠嗎？前面有加油站……」

「十分鐘左右，不遠，無需加油。」

「十分鐘車程的河邊有什麼地方適合交易？那個鵝卵石淺灘？抑或跨河大橋下的樹林？」莫里斯自言自語。這樣，監聽的人以為他繼續試探，谷巴老爹大可不必回應。

「一個偏僻的停車空地……」老狐狸還是露了口風。

「原來是停車空地。」莫里斯不想谷巴老爹說下去。

「兩部車平排停在一起，放下車窗，一手交錢，一手交貨，貨和錢都沒問題，就各自開車離去，從頭到尾，雙方都不用下車……」

「不愧是老江湖，安排周到。」莫里斯再度插口，切斷谷巴老爹的話。

「咦？不是這個停車的地方，我們還沒到呢，你駛進去幹什麼？」

「後面的輪胎好像洩氣，我停車檢查一下。」輪到莫里斯按照自己的劇本「演出」了。

「輪胎洩氣，有嗎？行車相當平穩耶。」谷巴老爹狐疑。

莫里斯沒答腔，逕自下車，開啟手機的電筒功能，走向車尾，暗中抽出小刀，尖穿右後方的輪胎，接着發出一輪咒罵：「可惡！該死！輪胎真的洩氣，這個鬼地方，周圍都是混帳的碎石，一定被其中一塊尖的弄破。」

「那，怎麼辦？」谷巴老爹扯高衣袖，瞧瞧腕錶，「有後備輪胎嗎？我們合力更換，希望不會遲到太多。」

「更換輪胎，費時失事。」莫里斯拉開車門，提起公事箱，「我拿錢箱，你也別把東西遺在車內。」暗示同僚利用錢箱內追蹤器的訊號，掌握兩人的位置，無需派人實地跟蹤，

「下車，步行嗎？」谷巴老爹不以為然，「太遠了，我的膝蓋關節不中用……」

「當然不是步行前往。看，那邊有……兩輛汽車，我們借用其中一部。」莫里斯瞧着他預先泊在這裏的Audi，車內放了屍袋、溶屍用的化學液。

「借？偷吧，哈哈。」谷巴老爹舉起大拇指，「好主意，年輕人的腦筋轉得真快，喂，那輛深色的客貨車看來合用。」

「它……似乎是剛才躲在我家旁邊避開警察的那輛客貨車，可能已被警方通緝，為免麻煩，偷另一輛吧。」莫里斯提出反對意見，希望谷巴老爹聽從。

「相似不等於相同，另一輛的顏色不吉利，你該明白，我們撈偏門的，最講究意頭，還是偷那客貨車，只用半小時，用完即棄，不留手尾。」

「好吧，速戰速決。」莫里斯明白堅持下去，只會讓谷巴老爹和監聽的 MI6 特工起疑，他於是取出干擾汽車電子鎖的偷車儀器，打開車門，發動引擎。

谷巴老爹笑道：「你真有一手。」

「行走江湖的必備用具。」

莫里斯轉換車檔，把客貨車開出停車場，遵照谷巴老爹的指示，十分鐘後抵達那個交易的停車空地，一輛 Ford 休旅車已在空地上等候。莫里斯繞着 Ford 開了一圈，最後與 Ford 並排停泊，讓谷巴老爹貼近 Ford 的駕駛座。Ford 的車窗降下，車內只得陳積一人，他與谷巴老爹相視一笑，便交換公事箱，谷巴老爹馬上開箱驗貨，然後滿意地向陳積和莫里斯打出 OK 手勢。

「OK 就可以動手。」莫里斯取出手槍。

「啥？」谷巴老爹愕住了。

莫里斯趁陳積仍不在意，先開槍射穿他的腦袋。

「呀！你幹什麼？交易好端端的，無需殺他……」

莫里斯再開火殺掉谷巴老爹。

MI6的特工隨時來到，莫里斯趕緊跳下客貨車，打開公事箱，在底層找出追蹤器，扔在Ford的後座，再把公事箱和陳積的屍體搬進客貨車，最後在Ford的車廂內遺留谷巴老爹和自己的血跡。

佈下誤導的疑團後，莫里斯匆匆開車離開，折返先前的停車場，把兩具屍體、公事箱、冰毒搬回自己的Audi內，燒毀客貨車，開走Audi，沿途把三人的手機擲落河裏，再按原定計劃毀屍滅跡，然後逃返老家躲藏。

至於李森美，他一直有份參與莫里斯的在MI6的違規行為（家醜不外揚，奧雲給我的口供副本，相關內容全被塗黑），MI6的紀律小組追查下去，遲早將李森美揭發出來，他便在幕後策劃，讓莫里斯挾鉅款逃亡。本來計畫相當周詳，誰料，當晚殺出一個可疑的神秘女子，多添一條撲朔迷離的線索。神秘女子逃去無蹤，李森美順水推舟，把她列作疑犯，混淆調查方向。可惜，後來警方搜查白靈入住的 Motel，找到指紋，證實白靈的身分。李森美沒法子，唯有將錯就錯，追蹤到台灣，意圖藉辭白靈反抗，殺人滅口。他怎也想不到，白靈找不着，卻被我打得落花流水，鎩羽而歸。

今趟，在英國，又是我，發現莫里斯尚在人間，李森美被迫一再出手阻撓，結果反被我把他「追出水面」，與莫里斯一同就擒。

小胖子奧雲稱讚我為 MI6 揪出害羣之馬，理應接受他的款待，的確是呀，我受之無愧。

三小時後，我駕着一輛寶藍色的開蓬 Bentley 古董車，開上公路，望 Brighton 進發。典雅的車身設計，細緻的手工打造，搭配 W16 四渦輪增壓十六缸引擎，駕駛心情可用一個字來形容——爽。

我沒告知舊同學探訪之行，因我愛看別人驚喜交集的表情。

想起史學大師余英時先生的名言：「為什麼非要到某一塊土地才叫中國？我到哪裏，哪裏就是中國！」

如果，把中國兩個字改為香港，不知我那位舊同學有什麼意見？

後記

梁科慶

「三部曲」終於完成，付梓的儘管暫時「三缺一」，站在創作的角度，寫完就是告一段落，滿足了。

百樂編輯看過這書的初稿，傳來一些問題，大都圍繞白靈而問，我明白的，他沒看過Q40.5，白靈像個橫空而出的人物，很多前塵往事欠一個交代，奈何Q40.5暫時不適合出版，仍是個美中不足。雖然故事的背景存着牽連，但三部小說的情節獨立發展，並不妨礙閱讀。不過，百樂編輯的疑問，我一直掛心，在此特別「劇透」一下，有助大家清楚來龍去脈。

為公，白靈在二〇一九年八月護送老先生返港作一宗案件的污點證人。為私，白靈的父親三十年前遭人殺害，老先生當年是買兇殺人的仲介，在他的舊帳簿裏，紀錄了兇手與主謀的資料，白靈説服接機的阿 Wing 在送老先生往安全屋前，先到老先生的舊居去拿取那本帳簿，途中，三人遇上街頭示威，又被追殺老先生的殺手盯上，東躲西避，波折重重。最終發覺帳簿早在十多年前被誤送廢物堆填區，白靈失望之餘，一氣之下殺死老先生，算是為父報仇，作個了斷，結果破壞任務，連累阿 Wing 失職，自己也淪為殺人通緝犯。

另一方面，阿 Wing 抽絲剝繭，查到那舊帳簿的資料，找出殺死白父的兇手與主謀的身分。兇手財叔知道身分敗露，馬上潛逃倫敦。白靈追往倫敦，手刃仇人（這書的內容），之後返回香港追殺主謀。那主謀今日已成企業家、慈善家，常為當年的凶案懊悔不已，答應阿 Wing 親到旺角警署自首。在警署門外，白靈、主謀、阿 Wing 狹路對峙，結果如何？還是賣個關子，大家將來看書吧：）

推理小說
碎玻璃
阿谷 著
推理小說
碎玻璃
阿谷 著
突破出版社

真相
藏在
細節中
阿谷
推理小說系列

其他作品包括：

《撕票》、《以眼還眼》、《十七歲》等

《既然死了，沒關係》

《別走，貓神探》

《貓與影》

《貓之疑惑》